明人别集叢編

鄭利華 陳廣宏 錢振民 主編

劉崧集

鄭利華 鄧富華 點校

【二】

復旦大學出版社

槎翁詩卷之五

五言律詩

承曾子碩自洪歸贛道次太和以故人曠伯逵書問見及臨别悵然詩以送之

閣下帆初落，江干雨正疏。感君千里意，遠致一封書。舊宅蓬蒿遍，新愁瘴癘餘。冥冥更南上，煙浪滿寒虚。

過王氏南園看竹劉以和攜酒至共酌林間

王子時相見，劉郎晚共攜。邀人竹林下，沽酒石橋西。林絢甜榴發[一]，畦深苦薋齊。徘徊未能飲，着意鳥頻啼。

又

禁得南園筍，新成數百竿。何年通一逕，長有客來看。露葉沾重席，煙梢拂小冠。風湍聽不定，況復近江干。

又

磊磊蒼苔石，娟娟翠篠林。圃畦分曉色，鄰屋借秋陰。日轉遊絲細，天寒聚雀深。獨無三畝地，種汝伴清吟。

又

節下題詩徧，林間送酒遲。亦愁春雨裏，共愛晚晴時。斬玉嗔初見，移根任所爲。長令掃苔石，來此赴幽期。

【校勘記】

〔一〕「榴」，萬曆詩選本作「榴」。

次顔用行留别韻二首

昔避烏仙洞，歸來又六年。鄉園各奔散，寇盜竟纏連。愁共將零葉，身如不繫船。艱危驚再見，未有買山錢。

又

歎息瀘源上，何時寇盜平？凄涼驚往事，浩蕩怯孤征。世亂歡娱少，時危出處輕。送行頻惜别，落日最傷情。

仲秋八日赴洪都應試夜宿鹽堆頭

花石耀寒星，鹽頭隱暮汀。風沙開漠漠，烟浪入冥冥。戰鼓秋初急，羈愁夜不醒。故園西嶺外，漸隔兩長亭。

桐江

殘壘帶江沙，荒祠集暮鴉。客行桐水市，人採木綿花。山掩飛煙直，江浮落日斜。舊遊那可問，依約見人家。

闌泊口

一岸危於削，羣山隱似圍。豺狼前日盛，市井近來非。古屋蓬蒿徧，荒村鳥雀稀。還聞覆巢日，烈火照天飛。

新淦

亂山淦水上，雨氣白如烝。古塔遺孤表，荒壖散百層。賈船初放槳，魚屋稍懸罾。近有官軍守，科征恐未能。

過峽江

石峽閟蒼煙，江流似昔年。戈船猶自守，草市稍相連。白骨青山下，黄蒿古道邊。石橋攜酒處，風雨一凄然。

題春山煙雨圖

崖溜下林陂，春雲帶雨垂。不知村遠近，惟見樹參差。柳巷聞鶯早，桃溪放犢遲。亂餘寧有此，愁絶輞川詩。

送張子明歸武夷

東去渡沙關，寧辭道里艱。雲連閩海郡，家近武夷山。臘酒鵝兒碧，春衣稚子斑。徘徊南浦上，别恨不能攀。

題雲林别墅圖爲黄子邕賦

雲薄黎川水，月明蕭曲峰。寒沙聞落葉，絶頂見長松。别墅攜壺興，深林躡屐蹤〔一〕。秋江愁不渡，誰共採芙蓉？

【校勘記】

〔一〕「屐」，原作「跂」，據萬曆詩選本、四庫本改。

再賦

種樹蕭峰下，結茅黎水濱。疏星澹將夕，衆草忽已春。遭亂去故里，臨圖憶高人。悵言赴歸日，從子理荒榛。

送省掾劉宗弼之嶺南買官馬

烽火暗崇江，官船發豫章。千金求駿馬，萬里入南荒。倚劍看明月，停杯問故鄉。相臣憂國意，注目倚騰驤。

十五夜賦

素月流天外，華燈出樹間。美人吹鳳管，秋水落龍灣。清露緣羅墜，涼風傍竹還。遠懷當此夕，載酒過西山。

沙村道中

隔水望東綿，看雲憶閬川。人行秋草裏，鴈落夕陽邊。敗屋猶依砦，荒村少種田。征徭渾未已，野哭更凄然。

九日感事三首

山寇能騎馬，官軍解掠人。徒然縻國賦，何以浄邊塵？周雅歌三捷，苗頑格七旬。又聞寬詔下，誰忍負深仁？

又

鍾步時傳警，新安久被圍。鄉山孤壘在，戍卒幾人歸？夜月喧鳴柝，秋霜裂戰衣。艱危依主將，羽檄夜頻飛。

又

聞道瀘江破，傷心却復疑。六年猶力抗，羣盜竟猖披。壯士乘危數，官軍出援遲。幾人全骨肉，夜走哭荒陂。

虞檢校奉省相命南迓王御史十月舟過珠林承寄佳作依韻奉答

瓜熟東湖日，長懷別故人。忽傳舟楫近，先寄墨題新。遠候輕千里，幽居少四鄰。幾時持使節，來賞菊花春。

畫鷹

自是飛騰物，仍兼畫作殊。英姿風颯爽，蒼翮錦模糊。雲霧終當擊，軒楹未可呼。海天秋萬里，回首獨躊躇。

吕焕文挽詩

歎息瑶岡下，斯人不可尋。故牀芸帙在，新塚蔓叢深。有弟求哀誄，無人續苦吟。寧知風雪夜，回首獨沾襟。

題彭氏背郭茆堂圖

日薄金華嶺，雲深白石塘。茆茨元背郭，水竹自成鄉。圖畫看逾好，登臨興不忘。門前雙杏樹，葉葉是秋霜。

送雩都吴文學

長憶吴文學，居官近十年。俗隨風土變，詩入瘴鄉傳。曉郭尋山屐，春山出峽船。亂離愁復別，況是落花天。

暮歸至江口無舟投宿洲上田家

野渡初維楫，林居早閉門。陂塍交白水，燈火向黄昏。問客安行李，呼兒具酒樽。艱難昧生理，深愧老翁言。

出郭

出郭念農事，渡江仍涉溪。城邊愁落日，林下趁幽栖。紫椹交蘿逕，紅花間豆畦。學畊心未已，衝雨看鋤犁。

江口汎舟得船字

涼露青天下，繁星白水邊。歌呼仍勸酒，起坐忽欹船。喧已非塵境，清疑是水仙。沙頭燈火起，飛鷺亦翩翩。

過龍灣五王閣訪友人不遇

野橋秋水落，江閣冥煙微。白日又欲午，高人猶未歸。青林依石塔，虛館浄柴扉。坐久思題字，翻憐柿葉稀。

聞贛已被圍而東固大坑又欲兵攻興國有懷伯氏子中寓贛縣之禮原阻亂不得歸〔一〕

歎息荆花樹，今年好遠遊。路從兵後斷，書是亂前收。漂泊從誰問？艱危信自謀。時時驚夢見，不解説離愁。

又

江口移兵日，山中散砦時。一家俱念爾，孤客定依誰？秋早衣裳薄，時危去住疑。故園久殘落，猶恐未全知。

【校勘記】

〔一〕「寓」，原作「寫」，據蕭編本、萬曆詩選本、萬曆橘徠軒重梓本、四庫本改。

懷王子啓寓贛在兵圍中已兼月矣

南上記乘濤，千峰一郡高。共言堅可托，詎想戰頻鏖。危急輸羣策，艱虞倚二豪。亦知城有竇，柴也若爲逃。

又

行李今何在？兵圍颯暮秋。定依故人住，誰慰老親憂？遠道乖魚素，孤城抗虎頭。傷心對明月，莫謾賦鄜州。

再懷伯兄子中時有同客興國者從間道先歸兄以道阻後期不果

貧賤輕離别，艱危昧死生。獨危同里伴〔一〕，仍阻異鄉程。愛想深山憩，愁聞間道行。幾時秋樹下，慰此淚縱横。

【校勘記】

〔一〕「危」，萬曆詩選本、四庫本作「違」。

送醫士歸豫章

落葉滿城隅，南歸感歲徂。海邊曾種玉，市上憶懸壺。山近煙嵐薄，江寒島嶼孤。惜無黄犢賣〔一〕，從子住東湖。

【校勘記】

〔一〕「黄犢」，蕭編本作「黄獨」。

題真上人幽居圖

豈有人知處，千峰擁翠嵐。背林通藥逕，隔水見茆庵。説法魚應聽，棲禪鶴共參。經秋忘出户，落葉滿巖龕。

寓翁

問翁何所寓，非寓亦非真。落落林泉迹，悠悠天地身。彈琴忘雅俗，飲酒信醨醇。千載蒙莊叟，相看意獨親。

夜宿道德壇柬胡山人袁煉師蕭鵬舉

月色下金鑾，雞鳴出紫壇。不眠驚地迥，相語向更闌。酒過憐初醒，琴疏憶再彈。永懷棲遁樂，亦欲挂吾冠。

又

解劍旌陽宅，吹笙蕭史臺。驚看龍躍出，疑有鳳飛來。窗曙浮青桂，庭深散紫苔。倐然心迹静，誰更問蓬萊？

送友人入韶口山中

問客買烏犍，去畊韶口田。地饒無惡草，山近有流泉。過雨聽春鳥，尋墟望曉煙。野人應避席，莫遣識遺賢。

賦清江送廖子謙之臨江

清江清見底，千尺下沈沈。白鳥晴飛遠，石龍雲卧深。遥知在泮樂，好聽濯纓吟。念此登臨地，因之見夙心。

春日次蕭鵬舉二首

野客愁無賴，春來常晏眠。有時攜美酒，獨酌向青天。種豆珠林下，看花石屋前。故人不可見，佳句乃聯翩。

又

聞説南溪上，亂餘春可憐。花開愁落日，草長記流年。賦擬傳金谷，茶應記玉川。尋常西郭路，思爾隔風煙。

玉華山

翠巘千峰合，丹崖一逕通。樓臺上雲氣，草木動天風。野曠行人外，江平落鴈中。傷心俯城郭，煙雨正冥濛。

題達監州草庵在金華之左

雲氣隨軒蓋，飄飄日往來。茆茨元自葺，窗户有誰開？棠茇歌仍在，桐鄉事可哀。星袍五花馬，猶想月中回。

賦秋水送友人之豫章

秋水碧盈盈，無波似鏡平。渚雲低不度，江月照偏明。色映羣鷗浄，光涵一鴈横。望中征棹發，應過豫章城。

送宋國賓往寧都求父喪

野哭求親塚，南循貢水濆。招魂當落日，負骨出寒雲。馴鹿穿崖送，慈烏隱樹聞。殘年候歸檝，風雪定紛紛。

舟夜次查口柬蕭鵬舉

扁舟沿緑嶼，雙櫓折蒼波。秋氣水邊早，月明江上多。魚龍今夜冷，鴻鴈幾時過。去住關幽興，欹眠聽棹歌。

觸目

到處草離離，重城秋暮時。荒園交兔逕，殘屋帶荆籬。自倚城如鋏，誰憐命若絲？誅求方未已，富庶定何期。

南澗夜雪懷子啓前東塘雪中寄詩未答

昨夜南溪雪，故人安可期。欲尋行處履，長憶寄來詩。龍蟄滄江水，烏啼凍樹枝。武山千丈玉，思爾共遊時。

題墨鷹

黄氏寫翎毛，精神故自豪。軒然蒼隼立，鬱彼北林高。急想追星火，輕疑掣鏇條。向來飛動意，感激使心勞。

憶蕭翀

聞爾去南溪，移船駐水西。家人應共載，書帙得同攜。道在隆汙定，時危去住齊。風塵嗟兩地，何處覓封題？

哭七弟

季也傷愚戇，林間第七枝。生嘗勞父訓，死竟重兄悲。縛兔工何益，囊螢計已遲。虎兒應邁爾，教養待來兹。

題田舍壁

門巷帶青楓，村西有路通。鳥鳴高竹上，水落亂藤中。畊鑿常時慣，招遊舊俗同。寄言城市客，未可薄田翁。

題山水小景

倚石羣松秀，横江五柳繁。水侵陶令宅，山掩謝公村。浴鷺依晴檗，啼鶯近晚尊。亂餘寧復此，展卷一消魂。

寄周伯寧二首

交友今誰在？東遊最憶君。清尊澄夜月，綵筆動春雲。楚甸烽煙合，秦淮樹色分。相思愁日暮，花落正紛紛。

又

江雨何時歇，淮雲盡日飛。誰知千里別，還作故園歸。露草侵棋局，風花上釣磯。徒令南浦上，山水憶清輝。

經亡友故宅

草没門前路，葵荒井畔園。亂泉通廢沼，敗屋露頹垣。已覺雞豚散，空餘鳥雀喧。欲行還復止，寒日尚黄昏。

舟次樟鎮

匝地閭閻盛，緣江露雨稠。舟航通百粤，征税出南州。故里從誰問？修程且自由。攜壺初問酒，移棹已驚秋。

聞蕭尚志抱病次韻奉寄

山路兼泥潦，其如悵望何。浮雲低近樹，細雨暗長河。城晚烏鳶少，沙寒鴈鷺多。似聞抱微恙，來問愧蹉跎。

題竹石圖

爲愛篔簹竹，蒼苔節節封。低枝兼雨重，密葉與煙濃。丹穴終棲鳳，滄溟未化龍。幾時裁紫玉，吹上白雲峰。

奉寄孔監縣

寶匣動龍泉，綸巾拂紫煙。酣歌明月下，起舞落花前。野雉紅襦短，溪魚白錦鮮。亦憐春似海，安得酒盈船。

贈別李子翀之金陵七首

之子金陵去，秋風颯莫江。西維流大火，南紀奠雄邦。魚落波濤市，鳥啼煙霧窗。登臨聞伐木，未得此心降。

又

南北舟車會，公侯地宅多。百年新雨露，六代舊山河。夜月銅駝陌，秋風玉樹歌。昔人遺感慨，不必問如何。

又

鳳凰去千載，城曲尚崇臺。落日臺前下，長江天際來。錦袍隨夢遠，玉笛與秋哀。定有騎黃鶴，憑高日往迴。

又

龍蟠梵王宅，鍾阜出南東。一水天光限，諸峰霧氣通。幡幢低晚樹，鐘磬下晴空。茆屋如堪賦，能忘訊已公。

又

獨往堪誰語？沈歌祇自憐。才名三十著，詩律幾人傳？涼幕驚巢燕，炎波看站鳶。荆南有劉表，把劍故凄然。

又

往昔廬陵掾，監倉出萬安。白魚供日饌，紅腐足朝盤。雲暝千峰雨，江喧十月灘。向來棲息地，三見菊花殘。

又

相知仍少聚，即别轉多懷。用世悲才忌，乘時貴俗諧。江聲通巨蜀，雲氣盡長淮。亦有南淮志，何由與子偕。

送蕭同可之肇慶

端州蕭幕府，五十老能文。命秩鄉人羡，詩名朝士聞。石門明夜雪，銅鼓暗春雲。暫爾鯤鵬運，終然鵷鷺羣。

楊待制挽詩

諱景行，字賢可。延祐乙卯初科以易登進士第，授贛州路會昌府判官，再調永新州，丁内艱去官。改江西省照磨官，轉宜黄縣尹、撫州推官、湖州歸安縣尹。年七十，授翰林待制、朝列大夫致仕。公平居和厚自持，爲政剛敏，摧擊豪横，不避權勢，屹然不可干以私。所至畏憚，及去而見思，有立祠刻石者。凡三爲江浙、湖廣考官，多得名士。一時在清要者，皆其同年，公未嘗以私謁之。其剛正如此。年七十四，以病終于家。

郡邑徵循吏，詞林憶侍臣。青雲嗟濩落，白首見清真。掄秀終禆國，鋤姦肯避人。百年文物盡，愁絶故山春。

揚州判挽詩

公諱衢，字升雲，爲待制公之從侄孫。蚤以材學受知江西左丞郝天挺，以茂才授瑞州路儒學正。明年，以易登泰定甲子進士第，授信州貴溪縣丞。始至官，即以逋賦事侵辱天師府。天師銜之，嗾當道以贓黜公，非其罪也。改授陜西鈔庫官，再調臨江新喻州判官。以病歸，卒于家。公問學該博，下筆爲文，亹亹千言不休，然豪宕不羈，卒蹭蹬以殁，君子惜之。

浩蕩孤飛迥，從容萬畝庵。仕方覘命達，清已畏人知。白璧泥塗近，朱絃雅奏遲。春風江海思，蕭艾故離離。

又

萬里秦中役，前年渝上官。長才淪判牘，多病促歸鞍。山雨孤墳瞑，江風十月寒。蕭條前輩遠，雙淚落汍瀾。

戲呈廬陵李司曹

羨爾城陰屋，居來頗類村。竹枝斜點地，松樹直當門。稚子青衣短，慈親白髮繁。客愁仍滿眼，騎馬雨昏昏。

泊蓼州登岸尋曠氏館

江雨冷蕭蕭，維舟近畫橋。不愁春爛熳，故恐浪漂摇。溆口明花樹，城陰散柳條。故人高館近，未覺旅魂銷。

贈趙録判之九江兼柬孫伯虞

上日之官去，東門祖帳開。青雲明淑景，朱紱稱清才。花亂雛鶯囀，江晴旅鴈回。倘逢孫學諭，爲報寄書來。

渡江

二月風濤壯，渡江愁遠人。舟航那可恃，童僕轉須親。日射黄牛渚，天低石馬津。向來臨眺地，及此故傷情。

送靖安教諭王賢卿歸南安

千里王文學，南尋庾嶺歸。諸生供祖帳，吾道有光輝。野樹重重合，林花日日飛。茆堂章水近，莫遣信音稀。

溪上

溪路出南港，野林依古原。偶行桑樹曲，頗似桃花源。茅屋居人徧，晴灘稚子喧。依依偶畊者，相尚已忘言。

贈葛希亮

豐城龍化遠，湛湛墨池深。每愛葛希亮，親承鄧蔚林。紫雲騰瀚海，香霧襲書林。膠法親前輩，清貞見爾心。

千葉黄楊

黄楊一尺許，千葉更千枝。祇益堦庭玩，能忘雲漢思。雨荒承碧蘚，風定注遊絲。傷極偏多感，南歸得共移。

齋前黄棣棠生于山茶兩株之間春花夏條扶疏可愛兹始及秋而萎黄日見剝後此霜霰交積之時乎感賦一首

弱質不自植，扶疏故滿林。繁英春後盡，病葉雨中深。斬伐非吾意，匡持見夙心。山茶亦何事，晏歲足清陰。

秋夕懷一兄及四舍弟時俱客興國縣山川阻修音問邈然

豈謂無家别，三人各遠方。已嗟甘旨薄，翻作道塗長。潋水風湍白，瑶岡霧樹蒼。書來定早晚，莫遣鴈相將。

又

好在程溪上，月高愁掩扉。也應念行客，獨自對清輝。細草露初白，高河雲正稀。庭前紫荆樹，歸夢故依依。

七月得廖子所書聞目疾復作感懷奉寄

闢館延青佩，升堂奉綵輿。羨君能養志，愧我在離居。入夏愁新漲，過時得遠書。秋風決明發，目疾定何如？

寄李子翀

之子青雲器，頻年困縣曹。能令官長愛，未覺簿書勞。委璧寧終棄，鳴弦且學操。何時倚長釣，滄海掣鯨鰲？

過李氏黄羅茅堂五首柬克正茂才〔一〕

閒居仍近郭，高隱即深山。草逕經年合，茅堂盡日閑。檢書青竹映，倚杖白雲還。遠愧南游客，逢人祇厚顏。

又

茅堂子故物，歸意定何如？學道親先輩，清心遠俗書。藤稍垂石亂，瓠葉上簷虚。日有南溪叟，能來送鯉魚。

又

水碓時時急，秋山岸岸陰。偶來看野客，渾欲托雲林。烏石寒松暝，香田雨稻深。幽棲寧避世，暫去已關心。

又

何年遠城市，來此寄高情？客有求書札，誰從隱姓名？茅茨寒更濕，花竹晚初成。江海尊前意，依依見弟兄。

又

伏雨日瀟瀟，寒風斷柳條。居然懷契闊，何以謝招邀？把酒銷銀燭，披圖出絳綃。由來文物異，況乃自前朝。

【校勘記】

〔一〕「氏」字原脱，據本集卷首目録、蕭編本、萬曆詩選本補。

蜀人師季則自臨川來靖安省其姑於李氏歲暮將歸辱貽銅刻賦此答贈

有美趨庭服，來尋李氏姑。終然思宇縣，復此戒長塗。篆刻銅章古，精神玉樹孤。峨眉煙霧隔，何日上成都？

對月

落盡東門柳，辭家又一年。浮雲千里外，明月九秋前。席近花香潤，樓當桂影偏。思鄉意未已，鴻鴈已翩翩。

贈帖有道進士自城都之官舒城〔一〕

進士之官去，真成萬里遊。白雲淮水暮，紅葉薊門秋。瓜戍隨春入，公田按月收。殷勤念民隱，外秩近來優。

【校勘記】

〔一〕「城都」，萬曆詩選本作「都城」。

訪周叔用不遇

歸近意不懌，獨行尋故人。歲年渾欲暮，心迹轉相親。水入蒼葭亂，霜侵碧樹勻。終然不可見，但訝往來頻。

題舒君彥幽居

自有幽居趣，人來不厭頻。叩門過日晏，移坐見情親。涉圃從沾屐，穿林屢折巾。尋常混塵俗，到此澹心神。

柬舒中立

城僻蒼山古，天寒落葉稀。細流通石澗，斜日帶林扉。柳外青鳧亂，松陰白鳥微。看君攜稚子，把酒惜牽衣。

送友人南歸

歲晏各言别，君還先賦歸。悠悠遵道路，渺渺問庭闈。江闊行舟遠，天寒過鴈稀。城南風雪裏，惆悵把征衣。

訪廉泉亭拜趙清獻蓟文忠胡忠簡三先賢遺像

古寺青蕪裏，東風夕照餘。堦除流水過，井甃白雲虚。遺跡今何似？清心只自如。高亭煙霧色，慘淡昔人書。

夜宿曾氏館賦贈子元子碩昆季

裊裊蘘蘭秀，娟娟雙鳳雛。馨香元是早，毛羽固應殊。夕雨沾書帙，春風散酒壺。承家仍好客，於我惜歡娱。

雨坐江亭候寧都船不至

不見南帆上，凄然對水窗。疾風吹大木，積雨暗橫江。遠道何由達，愁心苦未降。徒聞鳴鸖起，東渡正雙雙。

晚次雩都縣

寂歷春江上，城門對縣安。人家依水竹，雲塔倚風湍。問酒林花落，維舟浦樹寒。欲眠愁向夕，漁火下長灘。

月出

月出光初發，客行煙水中。船頭當北斗，竿尾信南風。蛟室侵崖黑，漁燈照島紅。飄飄今夕纜，何處繫青楓？

雷鳴磜上對雪

誰能思更往？瞑入楚江空。捲席聽春雪，移船避北風。依人汀樹緑，着意渚桃紅。觸景成孤寂，悠悠去住同。

黄坊

風色愁將夕，離人欲斷魂。雲深知積水，煙淡識孤村。釣艇遥相並，沙鷗故不喧。忽思移稚子，踏雪過南園。

送羅尚德之贛州

此日垂楊樹，維舟惜遠行。水生羊角渡，春盡虎頭城。學律寧無術，飛書早有聲。十年趨幕府，憔悴愧高情。

五日池亭燕集

草閣飛雨集，高人清讌同。壺觴且終日，禪袷已驚風。客舍清林下，故園芳草中。榴花亦何好，爛熳向人紅。

齋前青蒿特盛或請薅除之惜其生意森蔚青翠可玩也謾賦一首

向來誰種汝？入夏總青青。幸不妨禾稼，猶能映户庭。驚風縈亂蝶，微雨下流螢。自是幽棲物，隨時付悴零。

復酌呈鄭同夫是夕宿李舍〔一〕

復酌臨清夜，幽懷故不羣。高林風鵲定，暗壁露蛩聞。把燭嗔殘炬，移尊惜半醺。不眠看月上，松檜白紛紛。

【校勘記】

〔一〕「李」，蕭編本、萬曆詩選本作「學」。

對月

海月三更白，江風七月寒。久知行客慣，强作故園看。菜疃依壖闢，茆亭傍水安。蕭條南戍裏，獨自戴儒冠。

寄曠伯逵

一月三寄書，故人湖上居。浮沈知不定，報答竟何如？楊柳清風弱，蒹葭白露疏。槎頭秋水落，誰釣九江魚？

題山水畫

旅遊常見畫，偏愛浙江山。日上雲霞動，天清紫翠閒。秋林時自落，春鴈不知還。隱者茆廬好，何年此扣關？

十一月二十八日晚予與趙伯友登舟賦歸既夜舟未開忽將軍送詩至舟次則劉侯惜別之作因與伯友奉和一章以答其意

放船驚雨過，下馬報詩成。不擬當深夜，猶能念别情。夢隨書帳遠，寒入緼袍輕。明發辭灘石[一]，乘危敢計程。

【校勘記】

〔一〕「灘石」，四庫本作「灘口」。

贈陳野仙相士

旅懷仍病酒，那有好容顔。感子遠來意，罷書相對閒。風澄梅澗水，雨過石華山。惆悵昔賢遠，修名誰可攀？

寧都曾三省自京師得危應奉爲作其先人埋銘一通歸以示予敬題其後

寂寂先人宅，煌煌太史銘。飛霜中夜白，宿草隔年青。未試干時策，空傳相地經。傷心行役者，萬里哭蒼冥。

送别高安黄宰

春日賓曹盛，驪歌發縣關。眼看朱紱去，心折晝轅攀。壠麥連雲細，江花過雨斑。筠陽真大郡，猶遲一年還。

贈藍山趙教諭

聞説藍山縣，官遲暗薜蘿〔一〕。頻年虞盜寇，長日罷絃歌。使者先馳檄，諸生暫負戈。終然陳俎豆，失喜問如何。

【校勘記】

〔一〕「遲」，萬曆詩選本作「庭」，四庫本作「墀」。

題平洲小景圖

錦水西流遠，滄洲逸興長。晚晴楊柳暗，春雨杜蘅香。沙渚通鳧鶴，江潭集鱮魴。幾時攜短棹，載酒問茆堂。

近聞三首

近聞河上卒，掘地未通流。何以酬飢渴，終然起怨讎。干戈應滿地，畚鍤謾成丘。禹跡誰能復？悠悠遠大謀。

又

近聞淮海地，寇盜各縱横。城邑傳新破，舟車絶遠行。朝廷初問將，閫府漸移兵。思見攙搶息，秋來江漢清。

又

近聞楊主簿，翰墨上京都。徵責緣新令，馳驅戒遠途。炎烝猶未濯，寇盜若爲虞。即此傷多難，山林未可迂。

奉和崔州判仁卿山長克誠夏日同遊開善寺

路轉溪仍合，沙平水屢侵。放船思極浦，下馬得高林。却望煙霞色，微聞鐘磬音。虚堂白日静，於此見初心。

李知事廉輔得奇石如雪因命名雪石

西嶺千秋白，山陰六月寒。終然天外遠，宜爾座中看。映日光相射，含雲氣獨完。惟餘苔蘚色，彷佛似青巒。

送鄒明道歸吉水

令尹方興學，先生乃賦歸。清秋辭俎豆，白首望庭闈。雲薄千峰出，江深一鴈飛。溶溶墨潭日，偏照老萊衣。

感賦七首

閃閃一星赤，西林夜色高。乾坤自空闊，故物故蕭騷。庭迴栖涼葉，門深翳雨蒿。狐狸渾不見，竟夕向人嗥。

又

中郡秋防寇，邊亭夜築關。遥聞大軍出，定向幾時還。粟仰南船運，弓從北騎彎。侵尋寒落景，何處問溪山？

又

島嶼通羣盜，風塵動六州。蒼茫淮海暮，摇落楚荆秋。城壘從隳廢，弓刀竟隱收。向來經國意，徒重腐儒憂。

又

傳聞南寇盛，慣捷海中船。兵甲今如此，風濤正渺然。魚龍秋氣外，貔虎暮雲邊。自倚皇威震，誰爲赤子憐？

又

壯士今忘戰，愚民乃弄兵。風霜工殺戮，雨露惜生成。未掃屯雲蟻，猶遺拔海鯨。閭閻思倚伏，回首欻心驚。

又

白髮前朝叟，偏傷喪亂頻。泣逢南上卒，驚問北來人。老大心情異，艱危世變新。眼前憐稚子，蕭颯向風塵。

又

飛檄時時急，防邊事事虞。度關頻閱驗，鳴柝遞傳呼。干羽終來格，豺狼得盡誅。皇恩自覺溢，何以慰民痛？

九月九日將赴豫章夜發瑞州城下二首

天末雲霞暝，城隅煙水深。維舟呼不見，漁火坐相侵。夜下芙蓉渚，秋高橘子林。不眠催解纜，鳴柝正沈沈。

又

未卜西昌返，還尋南浦行。清秋千里外，永夜一舟輕。風急高河動，星浮積水明。蒼蒼江霧合，起坐悵心驚。

過松湖聞熊氏往時有花圃特盛

寂歷松湖市，人家際水煙。平沙皆種樹，枯港不通船。舊隱真堪托，名園已盛傳。青春花竹麗，載酒定何年？

過鄭氏隱居承二子之純之紀留宿賦贈一首

流水西山麓，層軒夏木涼。昔聞書帶草，今過鄭公鄉。展席傳詩帙，張燈列酒漿。佳兒真好客，傾倒意何長。

寓鐵柱怡真堂柬左德昭

自有幽棲志，長嫌俗境喧。喜尋高士宅，得共故人論。古井波圍柱，深簷石作垣。焚香足危坐，清咏五千言。

題隱皋亭〔一〕

晚樹連虚壁，秋花隱畫簷。林交風瑟瑟，池迴雨纖纖。把酒頻移席，翻書欲近簾。由來有真趣，出處若爲兼。

【校勘記】

〔一〕「隱皋亭」，萬曆詩選本作「皋隱亭」。

早泊蓼州徵發乃顔將軍赴淮夜捉送途者

微火明高磧，危檣倚近城。舟人驚瞑竄，戎卒問晨征。牢落聞雞犬，喧呼度甲兵。江淮方警急，行客倍含情。

送堯舉監税赴進賢

送爾司征去，江干秋雨餘。由來設關市，不在筭舟車。客路通城邑，人煙集里墟。西風摇落近，回首獨踟躕。

送友人之贛州司幕

江合城樓迥，秋高幕府清。之官寧憚遠，論法正須平。寒瀨鳴砂淺，晴嵐隱石横。凄涼爲客處，浩蕩送君情。

歸次楊林

汀樹重重轉，江船稍稍移。淺沙驚欲盪，逆浪故相欺。風起占鴉浴，雲氣信馬蹄。鳳山明月好，應怪客歸遲。

題空翠樓爲東山湛上人賦

碧嶂飛甍合，青林畫栱高。晴天引空翠〔一〕，涼月見纖毫。木榻飄金磬，春壺浄玉醪。東山有支遁，臨眺使心勞。

【校勘記】

〔一〕「空翠」，原作「容翠」，據蕭編本、萬曆詩選本、萬曆橘徠軒重梓本改。

春山伐木圖

伐木春山裏，千峰復萬峰。蛟龍迴別澗，麋鹿引行蹤。風落崇岡桂，雲開絶壁松。懷人咏鳴鳥，欲往愧無從。

題山水畫二首

遠樹層層出，高崖面面開。谷深雲欲動，江白雨初來。楚佩遺仙浦，吴航近釣臺。故人渾不見，秋暮思悠哉。

又

絶壁芙蓉秀，懸崖薜荔高。天清聞夕籟，木落見秋毫。仙賞誰能繼？榮名自可逃。時來倚圖畫，悵爾渺煙濤。

寄贈翠巖泰上人

蘭若倚西岡，年深松桂長。似聞葛洪井，還近贊公房。挂衲雲林浄，翻經石榻涼。下方一回首，煙霧日蒼蒼。

旅夕

鄉夢燈初破，寒窗雨漸疏。已愁秋向夕，況苦鴈無書。異郡危新戰，滄江倚舊廬。老親應散疾，藜杖到堦除。

十月

十月驚雷動，千林急雨來。民情欣利澤，春令恐爲災。暄日猶催杏，清霜不殺荄。王師渡淮浦，定遣幾時回？

南溪

溪樹緑陰陰，林居夏向深。青山謝脁宅，流水伯牙琴。採藥懷孤往，看花惜共吟。北巖如可問，於此息塵心。

題松下行吟圖

松下行吟者，翛然不可呼。影臨秋水迴，興與暮雲孤。石角栖書帙，花陰散酒壺。青山招隱去，應是笑泥塗。

題蕭伯高西岡讀書處在唐杜審言故居之右

蕭子讀書處，昔年曾一過。郭外西原好，門前修竹多。雪深猶獨卧，日晏亦高歌。況近參軍宅，清明奈爾何？

定上人屢約遊山不果近承寄示送孫景賢詩未及和答因劉進士仲炯遊青原山賦此奉寄

孫宰遊山日，僧房賦別時。有詩還念我，何處定逢師？雲毿蟲書葉，霜林鶴滿枝。來遊知不厭，空負數幽期。

又

送客青原路，思君白下城。雨華曾聽法，貝葉舊知名。學道耽幽趣，憂時累俗情。蓮峰幾百丈，霜月想泉聲。

宿東山下

夜宿東山下，人家隔板橋。泉聲霜下起，霧氣月中飄。芋子兼皮煮，松枝帶節燒。老翁年九十，起坐説前朝。

送李掾還吉水

霜草馬蹄寒，晨趨别上官。吏推文牘簡，民憶會期寬。水淺魚梁出，沙晴鴈磧乾。青雲冠蓋盛，似爾惜才難。

和答楊公平題具翕堂

故里荒蕪地，新堂燕鵲羣。昔人如昨日，此意向誰論？樽酒欣時具，歌詩惜夜分。雄文兼雅韻，感激愧諸昆。

令公巖送鍾庭亨歸興國

令公讀書處，歸去又殘冬。潭冷魚依石，巖深鶴護松。穿雲窮望眼，踏雪記行蹤。明日平川道，相思隔萬峰。

溪上

渡溪日已暮，回首見青峰。風起巖前樹，霞明天際松。佳人期未果，幽徑偶相逢。語語投寒暝，孤村起夕春〔一〕。

【校勘記】

〔一〕「春」，原作「春」，據萬曆詩選本、萬曆橘徠軒重梓本、四庫本改。

遊臨溪寺和鍾學正韻

澗東西流水，門臨北向山。渡橋驚鳥散，掃石愛僧閒。霧薄林花紫，春深石笋斑。雲峰如可問，杖策未須還。

承郭奉奎夜過溪上言北巖杜鵑花盛開手數枝相贈明日賦此爲别

故人夜相贈，手折杜鵑花。掩冉帶華月，參差出絳霞。來從仙嶺路，分贈野人家。我有遊山興，因之起嘆嗟。

廖伯容自南溪别余將栖于武山之雲峰寺明日寄此

子愛雲峰寺，幽棲得自便。朝吟還對石，夜坐更聽泉。久住應忘客，無言或近禪。時時採藥去，長笑白雲邊〔一〕。

【校勘記】

〔一〕「笑」，四庫本作「嘯」。

夏旱

五月那無雨，今年豈有秋。傷時思乏食，失路竟還憂。圭璧聞周祀，尪巫笑野謀。亦憐生事拙，不見滿甌窶。

看雨

慘淡連遥嶺，蕭條入近林。隨風初作勢，度水忽成陰。壠穗占新沐〔一〕，池荷掩舊沈。西樓濯冰雪，暫爾豁煩襟。

【校勘記】

〔一〕「占」，萬曆詩選本作「沾」。

挽鍾謹獨先生

揮淚過東門，懷哉德義尊。新阡哀櫬出，舊屋古書存。修竹仍深巷，幽花自小園。儒林有知己，好在立真言。

谷雲

冉冉復離離，秋雲出谷時。偶然隨雨霰〔一〕，忽謾被風吹。巖潤龍先覺，林陰鶴未知。何人爲招隱，吟斷小山詩。

【校勘記】

〔一〕「霰」，萬曆橘徠軒重梓本、四庫本作「散」。

山茶

聞説真常觀，山茶兀老蒼。根盤千古盛，幹拔五枝長。翠羽團秋色，丹砂注夜光。神仙誰種此，又見海成桑。

仙竹

壇上竹珊珊，秋風六七竿。至今含雨色，長夏拂雲寒。神女金絲佩，仙翁錦籜冠。建標應有待，曾此下青鸞。

石仙

仙子何年化，空餘石像存。沈淪時已異，堅撲道彌尊。雲舄飛難去，風裾冷不翻。何如致雲雨，從此洗乾坤。

牡丹

千葉鶴翎紅，仙姿自不同。名傳李唐後，根托帝壇中。霞佩分王母，金盤送玉童。異香留不得，長是逐天風。

題溪南幽異圖

誰寫溪南景？幽深隔翠微。釣船沙際出，楊柳雨中稀。倚竹翻書坐，穿花載酒歸。故人渾不至，苔色滿林扉。

十九日至二十二日雪作不止客有言是雪十餘年不見者固可喜也因賦五言一律

莽莽初横野，涔涔忽滿城。低迷渾欲暗，空闊固能明。積水蛟鼉伏，荒山鳥雀驚。十年愁不見，北望正含情。

雪中會飲分韻得花字

洗醆注晴霞，張燈散暮鴉。殘年今夕會，遠道故人家。春入山中樹，雪吹天上花。當筵有長袖，醉舞看欹斜。

山礬

本自托山谷，年年春暮開。野人不愛惜，折送滿城來。皓雪千枝積，香風十里迴。故山墳上路，見爾獨興哀。

渡江

莽莽出輕艘，紛紛競渡江。天寧殘樂土，人欲憒遺邦。豺虎方雄鬭，蛟龍正怒撞。南村愁岌岌，何處望旌幢？

兵破江口途趨東原挈妻子入山道次相失復聚

倉卒還相失，艱危獨後來。亂山當日暮，長路入風埃。攘攘從誰問，沈沈只自摧。逢迎忽驚喜，相顧欻興哀。

尋人家至石嶺下衝雨入大村夜宿羅坑

石嶺重攀躋，羅坑及暝栖。不辭衝莫雨，政恐踏秋泥。親老愁多病，兒癡睡更啼。艱虞戒前路，不敢候鳴雞。

午憩石鼓坑嚴復亨寓舍問米過灌塘尋康氏姊

書在餘三策，錢空罄一囊。問人求食米，隨客度山莊。影怯飛鴻後，啼驚猛虎旁。遠尋康氏姊，感激意何長。

憶故廬消息

故里何人到？野堂今是非。毀傷寧壁立，焚蕩恐灰飛。書帙從人把，囊琴只謾揮。誰憐失巢者，飄散欲何依？

秋旱井涸致水爲勞有浚而得泉者喜而賦詩

井涸仍秋旱，從勞抱甕人。偶緣淘得浄，但訝汲傷頻。欹石盤根古，寒泉積渫新。渴心端賴爾，回首颯風塵。

南岳祠前古松

偃蹇何年種？青蒼暮色酣。半身猶直上，全勢欲傾南。古壁龍鱗合，空巢鶴影參。歲寒終見爾，霜雪老能堪。

出社下嶺望九洲流陂稻田可愛

渡嶺望平田，人家隱翠煙。村墟自雞犬，風物似神仙。晚樹依沙立，秋粳帶水眠。幾時驅兩犢，投迹此安廛。

初遊長興寺

一路縈紆入，羣峰迤邐開。樹連山路合，溪帶石橋回。煙火依農屋，雲霞隱佛臺。如何千載下，不見一人來。

入百記望王嶺諸峰

何許龍移宅，猶傳鶴駐驂。山連王子洞，水落聖官潭。結屋蟠虛璧〔一〕，燒畬上翠嵐。十年厭奔走，吾意托東南。

【校勘記】

〔一〕「璧」，蕭編本、四庫本作「壁」。

山中

豈有人知處，白雲連上層。入深疑遇虎，愛浄欲依僧。風磴鳴樵斧，巖煙翳佛燈。如何江浦上，殺氣苦憑陵。

蒲磵奉次長兄子中韻

蒲磵來何處？鳴聲應谷虛。清宜和野飯，翠可織仙裾。隴近秋常灌，潭空夜不漁。毋令洗塵耳，吾意戀溪居。

再遊蒲磵與子中子彦題名于磵右之嵌壁因賦詩而歸

自掃磵邊葉，閒通石上泉。緑蒲向深處，幽響忽琤然。題字捫青壁，長歌入紫烟。日長山更静，來此弄潺湲。

觀密房

戴主心無二，趨朝度必三。一衙兵衛肅，萬鼓戰聲酣。事夥還分濟，功成始共甘。伊誰失維繫？蕩蕩縱殘貪。

九月三日由長坑入南山寺將過里良暫憩合龍寺聞饒兵已逼新安二日矣

三宿那容戀，孤征自可驚。已聞虎穴鬪，復道鳥巢傾。戰鼓寒初急，烽烟晚更明。問程投野寺，日暮最含情。

至里良之明日聞抄兵已入長興因賦以自慰

誰遣飄然去，真成率爾來。吾寧工避地，天似解憐才。行李從蕭瑟，飄蓬任轉回。時時看短劍，心折未全灰。

感事五首

已聞新安破，復道富田圍。力抗猶𨻳逐，全收果是非。主將嬰城急，居民在野稀。徒勞淦水上，羽檄夜頻飛。

又

兵老匡山北，師移贛水濱。一行寧助桀，三户或亡秦。氣壓長蛇陣，魂消戰馬塵。紛紛猶殺掠，誰與吊遺民？

又

聞説虔兵下，前茅次九洲。一烽深照夜，羣馬颯驚秋。勁氣方全蓄，沉機豈共謀。似傳終左次，失喜敢忘憂？

又

主將何時出，行人此日歸。退盟驚左次，迎附識先機。四野何煩掠，孤城不再圍。文山青萬丈，回首一沾衣。

又

義戰今誰有？完師衆所安。從容隳巇嵲，談笑却兇殘。攘攘持牛酒，紛紛躍馬鞍。東南餘赤地，萬一慰饑寒。

得舅氏消息

親戚今誰在？兵戈卒未休。忽傳消息異，徒重别離憂。老大原多病，飄零誰見收？依依夢中路，淚洒石江頭。

雨坐下郛田舍閲案上道書

臨澗一茆亭，連山萬竹青。微風閑聽鳥，細雨坐看經。憤極思吴劍，饑來憶楚萍。野人能好客，猶足慰飄零。

晚與次珪上人韻

何地可幽尋？南方多翠岑。水流村磵遠，樹擁石門深。事感升沉迹，愁牽去住心。終然戀禪寂，十日坐林陰。

離里良別寺僧則師

羈旅諳空寂，高秋感去留。誰能棄妻子？世已换王侯。故里腸朝斷，荒山血夜流。敢違桑下戒，暫作海東遊。

聞江上兵退挈家稍出村至三岬嶺適從弟懋和亦自藍田陂歸同門久離喜遂復聚

即返非吾計，相逢幸汝歸。山中茅屋在，江上故園非。淚應啼猿落，心隨斷雁飛。十年傷骨肉，飄散復相依。

悼女姪端

已謂生還遂，誰知死病仇。畏途攜共遠，故室返無由。弄果啼時擲，遺襁葬後收。重泉應見母，汝父正多憂。

謝李克貞送鹽

食談憐吾病，分鹽感子情。解苞驚落雪，進飯惜含英。遠道楓初隕，閑門草屨生。艱難愧兹味，幽興在藜羹。

遭亂

遭亂無完物，還家有病軀。夜眠愁枕席，晚食愧盤盂。敗壁狐狸入，虚簷鳥雀呼。猶傳征斂急，倚杖一長吁。

食無菜

豈有膏粱想，仍無食菜緣。饉荒寧絶物，枯旱已經年。青憶冰盤送，香懷雪椀傳。喜聞春意動，薺麥滿山田。

聞贛兵已駐萬安

自有重灘險，還屯外邑兵。江春舟楫便，城晚旆旌明。蟻聚方連勢，鯨吞竟敗盟。悠悠岐路嘆，萬一慰民情。

社日

社日那無酒，時危不見春。閉門防過卒，燒紙賽田神。已嘆耕鋤廢，終傷殺掠頻。雞豚久蕭索，未敢怨風塵。

重遊長興寺

重到長興寺，青山四面同。鳥啼花竹暗，人散户庭空。蒲磵千年雨，松門午夜風。舊遊悲往日，回首各西東。

哭元卿

南郡連烽火，連皋掩素扉。猶聞避地去，不見渡江歸。家廢藏書散，山深吊客稀。同庚幾人在？空遺淚沾衣。

哭韋纘

一死嗟誰托？餘生苦自憐。已悲形吊影，竟覺夜如年。野哭沉山月，新墳閟隴烟。杳無重見日，徒有淚潸然。

劉氏西樓小集和吕仲善韻

清風緣幔起，疏雨傍城過。酒急禁愁得，樓高奈暑何。卷書思共隱，學劍愧殊科。且可捐秋珮，無勞門曉珂。

重過梁塘訪郭與恭

一水嗚蒼峽，千峰引白雲。時危還作客，歲晏却尋君。事往詩仍在，愁來酒易醺。野橋寒日下，霜鴈遠初聞。

題彭伯圻芹寓

采采芳芹去，溶溶泮水濱。長歌心不厭，偶寓跡非真。吾道傷羈旅，鄉山落戰塵。十年戎馬際，獨立見斯人。

聞鷓鴣

爾本越中鳥，何年來此啼？羽毛渾自媚，言語使人迷。隱隱穿松障，蕭蕭度竹溪。斷腸聽不得，歸路日平西。

題劉誠本爲子彦弟作山水圖

畫者有遠意，寓之山水間。野航當晚急，江閣與秋閑。嘉樹團丹壑，幽花照緑灣。何年謝塵鞅，杖策此中還。

由雀兒嶺入閬川青梁尾

歷險非吾意，臨危信此生。一家微命在，百里畏途輕。草屋憐蜂聚，松崖愧蟻行。喧喧豺虎急，向晚慎前征。

又

路折千灣水，天垂四面山。野人初問戰，過客乍投關。地僻燒畬遍，溪深采葛閒。時時聽鼙鼓，悵望不知還。

夜渡溪水見月憶流江諸友

片月出東嶺，野禽相應啼。歸人愛清景，亂月渡平溪。草露忽已集，洞霞猶未隮。流江向西遠，歸夢使人迷。

對月

今年十五夜，看月在流江。誰遣遺鄉邑，猶疑接濵IBL。水光浮戰艦，山翠隱蓬窗。傾影那能寂，含悽對酒缸。

嘗山藥

誰種山中玉，脩圓故自勻。野人尋得慣，帶雨斸來新。味益丹田暖，香凝石髓春。商芝亦何事，空負白頭人。

山樓即事

樓出青峰上，簷栖碧樹端。雨窗晨易白，雲榻夜多寒。微醉時欹枕，閒愁獨倚欄。紛紛猶戰奪，托跡敢求安。

晚望

山氣碧氤氳，深林帶夕曛。人孤歸嶂晚，犬吠隔溪雲。杉竹何年種，烟塵此地分。桃源寧異此，猶恐世人聞。

寄蕭翀

九十九頓嶺，歸來又幾時。時危愁不見，歲晏最相思。天遠驚鴻斷，山空病鶴饑。長懷霜月夜，一笛向人吹。

奉次吴縣丞兵後見寄韻

長愁憐杜子，多病愧相如。避地風塵裏，還家瘴癘餘。春隨南國鴈，書滯北溟魚。故里勞相問，于今未定居。

夜晏次王伯衢

王氏多才彦，青雲玉樹林。金尊瑶席滿，銀燭畫堂深。風雨殘年夢，江湖千里心。感君情似海，欲醉且停斟。

宣溪餞李提舉一初席中和王子讓韻

客有東歸思，維舟向浦橋。江聲翻石面，雲氣閣巖腰。悵飲潦泥淹〔一〕，歸程問野樵。驪歌莫催發，晴景在明朝。

【校勘記】

〔一〕「潦泥淹」，萬曆詩選本、四庫本作「淹泥潦」。

西嶺

西嶺往來疏，茆茨散漫居。月明人逐虎，水暗獺偷魚。萬木風霜裏，千村戰伐餘。昔年桑柘地，雞犬滿村墟。

和蕭漢高歸省水東

雪意滿鄉山，寧親復此還。臈前見梅蘂，江上候柴關。入饌鮮魚白，升堂舞袖斑。別君增永感，飄泊愧愁顔。

雙溪

春風西嶺下，表裏愛雙溪。江雨時時落，山禽夜夜啼。薔薇花欲亂，欅柳葉初齊。南陌誰相問，愁來路欲迷。

四月苦雨次郭吟翁

羃羃雲粘水，厭厭雨斷林。千山尚寒色，四月更春陰。望怯舟航絶，居愁井竈沉。如何開霽景，空有濟時心。

九月一日泛舟赴上麓擬柬劉子琚

初日輕舟發，高秋訪友行。雲沙低石浦，風露滿山城。物外看豪俊，尊前憶老成。菊花應共把，還得慰高情。

過仙女釣臺石

仙女一片石，九郎江水邊。何年此持釣，遺跡尚依然。緑髪明秋渚，長竿拂紫烟。仙期如可托，引手接飛軿。

郎湖

何年秋望遠，落日曉妝新。垂釣聞仙女，迴舟見石人。青烟松嶂晚，紅葉柿林春。獨覺容華變，空傷羈旅頻。

見有畜鴳鵲于庭者因賦一首

自有雲霄迹，那虞羅網機。鳴聲猶自厲，羽翮未全揮。檻逼迴翔窄，庭荒啄食稀。低頭羞燕雀，容易往來飛。

家犬爲虎所斃以致悼

聞説於菟横，羣行不畏驅。公然入江市，半夜取韓盧。委肉憐輕敵，防奸憶應呼。忠良死殘暴，悲恨若爲圖。

聞子規

羽族爾無奇，南飛怨別離。殷勤如向我，漂泊定依誰？絶岸雲深處，空林月落時。到今車馬客，穰穰不曾知。

酬友人見問

野人初識面，舊友漸忘名。長日惟窺圃，經年不到城。借書山路遠，洗藥石泉清。近喜林間鳥，相看故不驚。

詠金鴨爐

鑄得黄金鴨，焚蘭伴夕眠。中心灰未得，煖火自生烟。獨立思浮海，雙飛欲上天。那能長拂鬱，吐出向君前。

送吴太守之韶陽

已報新移郡，猶聞不下堂。買舟辭快閣，度嶺問韶陽。晚驛江雲白，寒潮海日黄。使君行五馬，南徼有輝光。

又

白下東門柳，當年手種成。行行當别路，葉葉是離情。解纜驚秋雨，揚鑣送晚晴。春風榕館静，好在聽啼鶯。

水精葱

芳烈齊山茗，清名重水精。生成推土物，誇大著鄉評。鳴齒冰丸脆，通神雪汁清。茗甌端有助，疏淺愧吾生。

憶平原

在昔提攜慣，于今學語喧。未能覓鄰果，已解到盤飧。歲弱憐吾老，時危幸汝存。誰從托詩禮，亦欲信乾坤。

哭胡思齊

野戰日紛紛，飄零最念君。故園知不返，客路竟長分。道士來看病，鄰人爲起墳。百年精爽在，應化武山雲。

憶蕭一誠

萬里潮陽道，經年獨爾思。海邊爲客久，兵後到家遲。戀闕心猶割，傷時髮欲絲。荆南非舊日，剩賦七哀詩。

贈黄孝子庭端

南陔嗟久廢，素韡幸猶存。風變干戈際，人稱孝友門。雲山藏舊宅，烟草翳寒原。誰續黄香傳，當爲薄俗敦。

答龍北池求詩

古劍千金得，還丹九轉成。天寧輕至寶，人苦累虚名。避俗聊栽菊，鋤荒欲刈荆。詩來問題墨，展轉愧高情。

寒日

寒日閉門早，荒村落木齊。昆蟲霜後蟄，豺虎草間啼。碧海終難涉，青雲未可梯。鹿門早晚去，妻子定相攜。

寄青原福上人

聞説靖居寺，蓮花峰最奇。幾年增悵望，何日是來時？曉刹蟠丹壁，春泉注玉墀。塔前荆樹好，應長向南枝。

九日雨離流江

何意今朝雨，偏傷遠客情。黄花低徑濕，白鳥渡江輕。吾道成漂泊，天機戒滿盈。林居有餘地，聊欲任浮生。

詠早禾溪水〔一〕

聞有王相洞，龍潭決石開。遠從高磧下，盡繞亂山來。續續筒車灌，喧喧槳筏催。海門如可到，東赴敢遲迴。

【校勘記】

〔一〕「早禾」，疑作「旱禾」。按，張廷玉等明史卷四十三地理四云：「泰和……西有旱禾市、東北有花石潭、東南有三顧山三巡檢司。」

夜宿東原同子彦弟食楂梨示姪解

東原山館夜，燈下食楂梨。共看團圓子，因懷連理枝。軒昂憐汝大，辛苦愧吾癡。歷歷嬉遊事，于今鬢欲絲。

覽鏡

頗恨青銅鏡，能添白髮絲。不知歲年換，猶憶丱童時。戎馬驚塵暗，風波惜世危。仙山有靈藥，老去欲誰師？

遇鄰人道舊

廢井生新草，荒村失舊鄰。獨行迷遠道，相見益酸辛。逐戍餘千里，還家止一身。終然未可住，投杖颯沾巾。

題天地山水圖

落日二妃浦，青天五老峰。蓮華深鬱鬱，草色浄溶溶。去鴈低寒樹，歸人帶暝松。向來水西寺，欲往似聞鍾。

南溪山上賞月

涼露經秋白，華筵向夕開。笛聲山上起，月色海邊來。花隱千峰合，松排一逕迴。直愁星漢曙，莫遣醉歌催。

至日

爲客何時了，迎長此日同。江湖戰伐裏，歲月往來中。鴈斷沾沙雨，蟲鳴落葉風。書雲從太史，曝日且南翁。

秋懷七首

百里漁樵外，頻年戰鬪餘。感時聊作客，乘興即安居。碧澗横松几，青林映竹書。避人吾豈敢，樂性此何如？

其二

大村江忽轉，西嶺路俱迷。山木陰陰合，沙樑冉冉齊。魚潛知舊穴，虎迹見新泥。此日荆榛裏，何年桃李蹊？

其三

日下田田草，霜餘岸岸沙。江喧聞激磑，烟白望燒畬。畊鑿寧無術，徵科苦未涯。吾寧甘食蕨，子莫戀栽茶。

其四

羈愁長少睡，墟落自多虞。里布晨輸税，江船夜送徒。曙星寒共照，野鳥暗相呼。王事誰能郍〔一〕？年華浩欲徂。

其五

溪筏乘流駛，山棚隱石高。樹交藤共絡，峽轉浪争號。夜雨洗山骨，秋霜落澗毛。桃源如可問，蓬海徑須邀。

其六

把卷臨溪溜，開帷俯石林。浮烟通市白，斜日半庭陰。卉服頻催裂，松醪暫廢斟。孤懷傷斷梗，寒影愧栖禽。

其七

石壁湖邊路，蒲田江口村。亂餘通草市，愁破憶柴門。屐許鄰翁借，書憐稚子翻。因思兩梅樹，花發滿東園。

【校勘記】

〔一〕「郍」，四庫本作「卻」。

賦壁煤

窗下煮茶久，烟煤半壁生。君看太玄者，此豈一朝成？光可敵琁玉，堅凝鑄鐵城。未黔嗟孔突，戀戀愧吾情。

十二月十日晚同吟所郭先輩奉陪溪南隱君與其諸郎羣從觀舍傍蔬畦仍出山後臨眺江上周覽林麓追念舊遊撫余羈懷益深感慕因賦五言近體六詩柬同遊諸君亦以識嘉會也

背嶺溪流合，穿林石路高。連甍依嵂嵲，百堵見周遭。掃葉看畦韭，搴蘿出澗桃。極知幽興熟，來往未云勞。

又

林下戲秋千，中流奏管絃。看花還舊賞，撫樹惜流年。白髮金臺客，青雲玉署賢。後來文物盛，此事會俱傳。

又

古廟依蒼麓，窮林俯緑潭。石臺交野祭，畫壁擁朝參。雲送千林雨，烟飛隔水嵐。向聞燈火夕，歌吹足沉酣。

又

喜有連雲樹，仍多近水村。偶來隨杖屨，渾欲托丘樊。山暝寒初落，灘低水自喧。終然遠城市，何用覓桃源。

又

日落風猶起，江寒魚正肥。鸕鷀下水急，舴艋出灘稀。旅食勞行李，歸栖念采薇。已驚殘歲迫，猶恐壯心違。

又

欹樹共維楫，高崖可構亭。沙呈橋外白，山漾水中青。別洞通仙境，何年闢地靈。時來及登眺，亦足慰飄零。

題曠子西山讀書圖〔一〕

曠子耽幽僻，西山住五年。讀書秋樹下，躡屐亂峰前。酒憶鄰僧送，詩從野客傳。臨圖懷往事，丘壑故清妍。

【校勘記】

〔一〕「圖」字原脱，據萬曆詩選本、萬曆橘俫軒重梓本、四庫本補。

贈定參政自南海抽分還省三十韻

天塹山河壯，皇圖日月開。鵷鱗登漢闕，玉帛上燕臺。民賦中邦出，蠻艘海外來〔一〕。貨源恒混混，禁網自恢恢。粉署參元佐，金閨著彦才。江湖資保障，臺閣挺奇瑰。鳳詔優南徒〔二〕，鵬風得遠培。節分東廣會，春動海南隈。厲瘴驅山霧，驚潮隱地雷。水光浮溟涬，寶氣出蓬萊。機杼鮫綃結，樓臺蜃氣摧。鯨鯢謝唐突，鵰鶚且徘徊。衆水通洪匯，三山據絶垓。雪艫銜浩淼，雲舸駕崔嵬。錯落青鼉甲，彎環紫鰐腮。珊瑚紅的皪，孔雀翠毰毸。花角裁犀定，明珠割蚌胎。茘漿翻翠杓，蔗瀋凍螺杯。壓軸龍香重，崇箱海錯該。牙籌勞永夜，鞭筭積微埃。市價曾無貳，寬征信有推。夷商歌豈弟，硐獠慕嬉孩。河漢張騫入，江淮劉晏回。幾時淹去佩，及此送歸桅。寥落山城暮，微茫水驛洄。野人瞻衮繡，中使擁鞍韉。早應雲間瑞，行膺日下催。賞褒增玉秩，迎勞錫瓊醅。禹服終成賦，虞廷可阜財。明堂掄柱石，元鼎賴鹽梅。

【校勘記】

〔一〕「海外」，蕭編本作「外海」。

〔二〕「徒」，蕭編本、四庫本作「徙」。

大官供宿膳分韻送友人中書掾

紫閤趨朝夕，彤庭直禁時。内官調玉饌，中使奉珍奇。絳節傳宣近，雕盤餽食遲。星河聯綉户，雲月上芝楣。夜入華燈轉，春隨刻漏移。露晞應待旦，獻納好陳詩。

挽楊學録安吾先生

遭亂臨川郡，歸來已二年。清羸驚病後，哀些落兵前。刻表新阡出，藏書舊業傳。清心懸夜月，直氣掩寒烟。谷迴松聲合，庭虚桂影偏。脩文從閣老，應數仲容賢。

題劉善初草意亭十二韻

庶草含生意，高人秉性靈。十全推藥物，千古重圖經。畦掩霜芽紺，林團霧葉青。蒼根蟠石罅，柔蔓絡巖扃。煖火時蒸朮，長鑱亦斸苓。香浮蘇井橘，甘絶楚江萍。飲聖諳殊味，傳奇識異形。遠應探北嶽，幽合泛南溟。遼夐同三島，芳鮮自一庭。懸壺花底市，搗臼竹間櫺。瞑眩懷祛疾，從容冀引齡。早甦民瘵劇，兼慰客愁醒。

乙巳閏十月十五日聞永新破諸兇就戮無遺喜賦三十二韻

鼓亂雄諸郡，憑凶跨十年。荆湖延毒霧，漢沔注妖躔。鳥獸寧殊類，龍蛇自一川。羽毛初景附，苞蘖忽根連。掠野時乘間，攻城亦破堅。踐攘螻蟻甚，累係犬羊然。里録先鋒籍〔一〕，家亡世業田〔二〕。鯨吞那有間，席卷欲無前。割奪封疆盛，依乘節制專。公侯凄喪狗〔三〕，奴隸欻登仙。白日驚雷破，炎天積雪懸。存亡覘貨賄，喜怒信刀鋋。誅責窮糠粃，需求到甓甎。寡妻牽雨筏，尫子負冰椽。徭役家家急，科徵處處煎。田廬久焚落，衣履極窮穿。慘矣生民禍，居然爵土煽。積金明別塢，陳粟閟荒烟。列地朱甍壯，層城畫堞鮮。椎牛釃玉醴，躍馬鑄金鞭。事楚終懷譎，盟邾或撓權。郊端兵屢挫，城下檄虚傳。苟不罹勍敵，能無感彼天。假名徒虎負，就縛竟蟬聯。夜諜披心膂，晨登奪旆旃。刳腸劇狐鼠，啄腦任烏鳶。崛强嗟何在，繁華總棄捐。掃除應假手，覆敗已駢肩。野昔畊無犢，民今坐有廛。飛霜收殺氣，清旭麗居廛。禾水春前緑，屏山雪後妍。遺氓喜相勞，早晚賦東旋。

【校勘記】

〔一〕「里」，原作「黑」，據萬曆詩選本、四庫本改。

〔二〕「世葉」，萬曆詩選本、萬曆橘徠軒重梓本、四庫本作「世業」。

〔三〕「公侯」，原作「公候」，據萬曆詩選本、四庫本改。

觀漲二十四韻〔一〕

積雨陰淫日，雙溪曉漲初。冥冥低鼓浪，灩灩細通渠。觸岸聲齊鬨，盤山勢漸攄。微茫穿窈窕，浩蕩入空虚。石抉漂巖鼠，防崩潰沼魚。棹頭堤柳曲〔二〕，破面渚萍疏。荇泛紆殘綬，蘆漂偃敗旟。二儀看動盪，八表聽吹嘘。蛭蚓無安穴，蛟龍有定居。深疑掀巨壑，猛欲撼盤岨。出峽喧雷鼓，經天浸日車。凝光浄羅縠，跳沫碎珩琚。涌屋初浮棟，循階忽闖除。人疑歌瓠子，世欲祀鶢鶋。禾步偏愁決，三江未可疏。皋田淪細麥，場圃溷嘉蔬。升屋呼號急，登臨盼望如。雲猶浮井邑，烟已斷林廬。遠想天河落，空懷黃埧瀦。龍門連迫迮，梅演混舒徐。昏靄迷行筏，凄風冷客祛。沉浮驚浴鳥，漂轉嘆棲苴。匯想經彭蠡，朝終赴尾閭。扁舟如可具，吾欲理畋魚。

【校勘記】

〔一〕「二十四韻」，原作「二十三韻」，據四庫本改。

〔二〕「棹」，萬曆詩選本、四庫本作「掉」。

陪溪南隱君入山玩竹十二韻

涉溪弄芳鮮，臨岸得嘉蔭。始緣一逕微，稍入萬壑深。建戈直如刺，攢幄密方紝。殺青脱工削，鑱笋出庖禁。翠憐秋雨洗，碧愛寒水侵。草柔地堪席，苔浄石宜枕。沉沉鶯瞑合，洒洒覺涼沁。歌風便鳥憩〔一〕，垂露愜蟬飲。鳴笙虚可竅，扶老堅足任。延秋思縱攬，占地欲豪賃。一區聊有營，千畝得無甚。願從此君詠，請斥俗士闖。

【校勘記】

〔一〕「歌」，蕭編本作「歆」。

鄒母蕭夫人挽詩〔一〕

白馬引塗車，青鸞護板輿。霞明丹旐遠，霧暗瑣窗虚。苦味思丸膽，珍鮭憶饋魚。荒原移旅櫬，凍雨洒靈裾。玉樹春雲表，瑶華夕露初。它年徵顯秩，命服賁泉居。

【校勘記】

〔一〕「人」字原脱，據蕭編本、萬曆橋徠軒重梓本、四庫本補。

奉和孫真州伯剛南軒種竹十二韻

聞種南軒竹，親攜斸地童。覆根深宿土，護葉背驚風。篧篧看雙幹，瀟瀟自一藂。雨愁崖響挫，晴愛樹陰籠。低映横窗北，深連别塢東。春林期盡植，秋逕得傍通。散帙琅玕閏，移尊翠黛空。商音涼瑟瑟〔一〕，海氣夜濛濛。習隱兼松菊，攄材並梓桐。清懷二子上，名混七賢中。自附幽棲興，能忘長養功。終言拂霄漢，高節倘齊同。

【校勘記】

〔一〕「商音」，原作「音商」，據萬曆詩選本、四庫本乙正。

賦玉笥山送楊主簿公望之清江

主簿才名盛，之官萬里遥。登臨當别地，感慨欲行朝。稍離金華界，還瞻玉笥標。天光浮巇業，雲氣上岧嶢。紫蓋麒麟府，青蓮翡翠翹。覆箱看雪積，法樂聽風飄。近侍丹臺聳，尊居絳節朝。彤霞秋閃閃，太白夜迢迢。漢帝傳金籙，秦娥奏玉簫。子真元自隱，公遠更誰招？夕霧栖寒谷，春風動泬寥。烟雲千壑轉，宇宙一岑超。此去期應及，來遊趣自饒。避人騎瘦馬，留客解金貂。山术宜秋煮，爐丹足夜燒。題詩黄葉嶂，攜酒白雲椒。静倚迎晨旭，長歌激暮飈。終言睎官府，未可狎漁樵。野迥齊桃葉，沙晴暗柳條。賦題驚草率，餞邁愧萍藻。疏雨沾行李，飛雲逐去橈。清江百里外，東望極旻霄。

送況吏目歸西山

南郡城如鐵，西山翠作屏。六年佐州幕，千里望親庭。簿領仍相絆，干戈苦未停。曉衙衝曙暗〔一〕，夕騎戴明星。故里烟塵隔，澄江風浪寧。賦歸花苒苒，送別柳青青。斷港移蘭槳，晴沙注玉瓶。東南烽火後，幾處短長亭。

【校勘記】

〔一〕「曙暗」，四庫本作「暗曙」。

題江亭春望圖爲劉仲章賦

山暖錦雲香，江晴翠黛光。烟林交翡翠，風檻舞鴛鴦。路轉川原迴，潮通浦漵長。落花沿石溜，芳草限河梁。離客迴蘭槳，幽人結蕙纕。年年望遠意，春色滿衡湘。

陪練伯上同飲王氏南園櫻桃花下得巾字

斜日櫻桃下，高亭野水濱。草生遥浦暗，花發近林春。移席無餘地，停車有故人。登山攜謝屐，漉酒問陶巾。芝嶺元通漢，桃源自隔秦。莫辭終夕醉，世已淨風塵。

題雪庵

濁世塵千劫，高人雪一庵。風烟飛不到，冰柱矻相參。鶴映水光潤，龍騰劍氣酣。題詩霜拂穎，載酒月浮驂。宇宙澄元氣，溪山失瘴嵐。由來高潔士，不獨重東南。

臘月朔日紀懷十八韻

衮衮閒愁集，堂堂急景遷。殘冬惟一月，旅寓向三年。霜入絲蓴美，風掀錦樹鮮。義山通鳥道，禾水漲蛟涎。雨泣鳴蛩地，雲愁過鴈天。川光寒不動，兵氣慘相纏。海上霞生燧，城邊月應弦。瘡痍渾未息，疫癘恐相煽。隴畝遲三白，山林負一鏖。感時何及矣，撫事獨凄然。膽落傳新令，家貧食舊編。依人慚野燕，戀子劇饑鳶。席破門懸雨，庖空井閟烟。種山仍畏虎，蹐地祇憐蚿。出感關途梗，居愁賦調煎。鹿門那可問，桃水徑須沿。未必弦真絶，虚疑筆可捐。東風如解凍，南客且棲玄。

冬日同諸友訪蕭國録登西樓復會宿山房分韻得連字因懷往昔夜過監學訪蕭國録會宋學士周員外諸公賦詩舊事明日賦柬鵬南伯仲并分韻諸作者

昔在兵曹日，長懷胄監賢。退朝先解珮，扣户即登筵。沽酒尊頻倒，移燈句共聯。白頭推翰相，綵筆會蓬仙。醉奪青綾被，寒分白氎氈。聞雞愁夜雨，騎馬愛春天。改秩俄南北，還家乃後先。西樓初看竹，南澗復聽泉。神劍驚重合，蠙珠得再連。莫辭燒燭坐，且復對床眠。窺户來雛翟，蹲枝嘯凍鳶。窗虚風淅淅，簷迴雪翩翩。舊賞隨雲散，新愁共月懸。清才屬羣彦，高詠信殘年。

八月三日晚聖駕夕月清涼山上陪祀禮成喜賦

丹禁天光切，重城夕景饒。太常陳祀秩，御史肅官僚。自北移天仗，從西望斗杓。神麾齊秉翿，仙路儼揚鑣。風磴傳宣近，雲林駐蹕遥。方壇開地埒，圓帳翼山椒。初月澄娟媚，青天湛泬寥。光浮金魄應，影動玉娥飄。彩旆排飛虎，峨冠映珥貂。異香初焫鼎，雅奏已鳴韶。獻奠羅尊斝，周旋協琫瑶。禮徵周典序，文軼漢儀迢。虎踞巖更柝，龍驤引夕軺。望舒呈朗素，玉燭度豐調。

進甘露詩十六韻 有序

洪武五年壬子十月十一日甲申，甘露降于宮苑之松樹。乙酉時亨太廟，上命採之以薦。是日，復降于鍾山，上命侍臣分採之。既午，上御奉天殿門，出所得甘露，盛以金盤，冪以黄帕，徧示庭臣，仍有旨，賜百官假一日，往觀焉。越明日，大駕晨發，羣臣雲從，躋攀林崖採覽。如脂如餳，甘美芳潤，信瑞應之大者也。又明日，禮部尚書臣陶凱而下三十有五人咸進頌賦，小臣兵部職方郎中崧謹頓首并拜獻長律一首。

甘露從天降，由來集帝垣。霏微先禁苑，散漫徧郊園。乳結虬枝重，膏凝翠葉繁。沆寥澄夜氣，璀璨耀晨暾。味比香飴滑，光凝霽雪翻。侍臣分碧盌，内使出金盆。丹陛傳天語，千官肅駿奔。草堂聯珮綬，鍾阜擁啼轅〔一〕。引蔓驚初見，脩條喜共把。緣崖收沆瀣，採玉上崑崙。醲澤流芳甸，嘉祥溢厚坤。策書嚴薦廟，頌獻藹臨軒。不待金莖得，徒聞寶甕存。願言歌蓼湑，四海錫便蕃。

【校勘記】

〔一〕「啼」，四庫本作「蹄」。

楮巢詩爲彝仲賦

豪貴金爲埒，高人楮作巢。一區通窅窱，四壁絶窊坳。煖愛風威隔，寒驚雪色交。調琴延舞鶴，揮筆看騰蛟。逕小緣松入，門幽傍竹敲。寄言塵土跡，未可漫相淆。

詠雪

飄忽來何處?·紛紜勢不齊。漫空翻上下，着地遍東西。凍合松林重，聲聞竹屋低。嵚崟緣石壁，爛漫布山谿。曲直循繩矩，方圓應璧圭。寒輝偏照户，素質不沾泥。附垤俄驚厚，填窪迴覺澌。伴吟栖近閤，隨舞入青閨。獵往踪先得，樵歸路欲迷。谷深愁側入，橋滑怯危躋。林瞑蹲千鵠，沙寒散萬羝。綴衣儕玦瑀，集樹混梅梨。隄港增新堰，田園失舊畦。馬馳驚逸轍，兔過識奔蹄。行客重裝襵，居人縮擁烓。積簷朝未掃，壓軸晚猶搥。賞勝思圖畫，驅寒問酒椑。凍僵憐野犺，光眩誤鄰雞。晏歲應多遇，嚴程未可稽。停鞭呵凍筆，聊與寄新題。

七言律詩

大赦恩詔和李子翀二首

清朝祀事崇三禮，絶域衣冠走百蠻。鹵簿曉移通紫禁，簫韶春奏下彤關。爐烟欲動螭頭暗，旗影斜開豹尾閒。自是郊壇敦漢典〔一〕，誰論玉檢上秦山？

【校勘記】

〔一〕「敦」，原作「郭」，據萬曆詩選本、四庫本改。

又

紫泥朝下五門端，朝野懽呼動百官。養老已沾周德厚，賜租仍沐漢恩寬。邊庭天遠須龍節，臺閣風清肅豸冠。草野小臣何以報，遠懷河頌愧艱難。

題畫松

巫峽荆門不可尋，坐憐孤嶂動雲林。夜寒或與蛟龍鬭，秋瞑應聞虎豹吟。千歲茯苓山下老，一時絲蔓雨中深。野橋寂寞雲根冷，最憶停驂弄晚陰。

送王石泉之金陵

金陵千古帝王州，送爾東南萬里遊。賣藥有時來海市，燒丹何處覓神丘？鍾山日落迴龍虎，淮水天清入斗牛。石底黄精能駐景，重來短鑱定相求。

題快閣和萬德躬

快閣西南引興長，高城落日晚蒼凉。江通牛吼疑巴峽，山入龍門似太行。季子弊裘終相國，長卿駟馬未還鄉。登臨日對芳樽酒，莫遣秋風近緑楊。

寄萬德躬

日暮山風吹女蘿，故人舟楫定如何？呂仙祠下寒砧急，帝子閣前秋水多。閩海風塵鳴戍鼓，江湖烟雨暗漁簑。何時醉把黄花酒，聽爾南征長短歌。

送周德剛歸九江併柬其兄仲常

君家伯仲才名盛，賤子東南道路窮。往昔永懷千里别，衹今謾想一尊同。蒼葭水驛青鳧雨，落木山城白鴈風。歲晏林居定相憶，九江消息若爲通。

承家兄自石城南歸消息述賦五首

書來展轉見艱危，南望徒令涕泗垂。六縣久聞殘戍長，一州猶遲進王師。潛依舍主驚相失，寄食野僧恒苦饑。正是草間愁落日，石崖那更嘯熊羆〔一〕。

【校勘記】

〔一〕「熊羆」，原作「羆熊」，據四庫本乙正。

又

荒村白日不逢人，上砦依人愁遠身。猺獠潛通南領路，官軍誤信北風塵。餱糧給餉山車困，牛酒祈安野廟神。敢恨兵戈殘赤子，極知帷幄有忠臣。

又

稍出藍田見暮烟，徐坊迤邐下雩川。防夫夜築緣山寨，邏卒時遮下水船。風急妖塵侵嶺外，日斜戍鼓起樓前。出灘行李從蕭索，愧爾長年剩索錢。

又

出嶺喜離豺虎羣，下灘驚觸怒龍齦。浪抛飛雪船頭見，石挾奔霆柂底聞。心折已迷前日路，神消徒望故山雲。舟人相吊還相賀，南上征帆半是軍。

又

風塵面目困支離，奔走歸來已後期。且慰家人烏鵲喜，徒勞汝弟鶺鴒悲。簷花深夜頻沾席，瓠葉清秋謾遶籬。直待南征擣巢穴，林皋種荳儘相宜。

秋林圖題贈曠伯逵

迴風蕭蕭吹北林，行雲冉冉生夕陰。天寒鴈去洲渚浄，秋雨龍吟波浪深。飄泊共憐今日興，畫圖因見古人心。幾時螺子青楓下，深結茅堂更遠尋。

次韻一首奉寄孟浩彦弘二友

縣北諸峰秀不羣，橋南二水劃中分。寒星夜動蛟龍窟，斜日春明翡翠文。照眼溪花渾爛熳，呼名山鳥自殷勤。長懷吊古空多感，荒草離離太史墳。

對雨有賦柬蕭箎

梔子經年未着花，飄飄風雨到山家。當樓烟薄鎖不斷，隔竹風高吹更斜。村巷門深低宿草，石窠盆小漲微沙。下帷不出愁泥潦，江上何人駐小車。

憶廖氏池亭牡丹因寄文英友兄併約同餞范實夫

憶昔池亭同嘯咏，衹今扶病少過從。石闌花好幾時發，林逕苔深盡日封。轉覺春風愁見鴈，可堪夜雨坐聞鍾。豫章歸客能來別，乘取東城柳色濃。

寄范實夫

細雨柴門生遠愁，向來詩帙若爲酬。林花落處頻中酒，海燕飛時獨倚樓。北郭晚晴山更遠，南塘春盡水争流。可能相别還相憶，莫遣楊花笑白頭。

寄題黄氏竹所

聞説山人種竹多，秋風蕭颯意如何？浮雲不盡夏西谷，落日遥連淇上波。起舞蛟龍金錯落，飛來丹鳳錦婆娑。何時白日清江路，乞與漁竿理釣簑。

寄贈馬良卿歸九江

尚憶臨仙琪樹秋，故人經歲獨淹留。千峰雨色侵林屋，十里灘聲遶縣樓。王粲早應懷北返，馬卿未必困南遊。江亭楊柳青如染，誰遣朝來重別愁？

次韻奉寄孟浩彦弘二友

幽人共愛溪邊住，舍北舍南春水聲。開徑不嫌時獨往，到城應許日同行。亂雲長共青山黑，白鳥偏依緑樹明。無限客愁誰斷送？攜壺長擬就君傾。

舒君彦許送菊未至

故人許送南園菊，可趁重陽十日開。謾擬客愁能暫醒，豈緣秋雨故遲來。山含霧氣通書幌，雲湧川光落酒杯。寂寞西齋林下路，新詩惆悵爲君裁。

寄贈周德剛自萬安歸九江

皇恐灘聲日夕哀，故人令弟獨能來。嶺南盜寇經時出，江上舟船幾日回。客路西風桑葉落，故園細雨菊花開。縣公留别應相惜，白藕黄橙照酒罍。

贈黄近賢自宜春過青原上贛州訪周録事

京國曾爲萬里遊，祇將書劍謁王侯。天門曉氣瞻龍虎，銀漢秋槎近斗牛。賈傅才華終濟世〔一〕，庾郎詞賦獨驚秋。斷腸異縣風烟晚，亂石孤帆入贛州。

【校勘記】

〔一〕「賈傅」，原作「價傅」，據萬曆詩選本、萬曆橘徠軒重梓本、四庫本改。

又

即遣北風吹上灘，且令飛雪壓回瀾。沙頭走馬醒午醉，石裏罝魚供曉餐。傳籤亭長迎水鷁，擊槳巴童歌木蘭。故人青眼望吾子，晏歲莫辭行路難。

又

東風好在鬱孤臺，二月乘流又下來。江上啼鶯留客醉，嶺南征鴈逐人回。故交天府音書絶，伯父鄰莊農事催。題徧虔州山水勝，他時南土著雄才。

題曾氏筠西小隱

城西亭子筍竹幽，竹光草色净人愁。一簾山雨當白晝，五月水風吹早秋。款段行穿楊柳逕，鶊鴰啼近木蘭舟。青原南望隔烟霧，令我日夕懷林丘。

五月十日雨讌集周氏亭子適溪水暴至不得歸因留夜晏樂甚後數日叔用將之豫章次韻贈答以識感也

楊柳河橋維客舟，送君此去憶重遊。青霄雙闕連雲起，五月滄江帶雪流。嶺外簡書前日至，湘南兵革幾時收。羈懷早已無聊賴，憑寄新詩過石頭。

又

憶昨過從思灑然，南溪亭子石橋邊。荷花鮮語偏宜醉，蒲葉堪書漸可編。歌罷綵雲疏雨外，坐看流水畫堂前。可能清夜仍留客，入饌溪魚箇箇鮮。

寄曠伯逵

豫章市南風日清，樓陰轇轕俯層城。孔融意氣偏多客，司馬文章豈近名。候鴈不來天正遠，鮒魚欲上雨初晴。無因夜醉湖堤酒，不放芳尊卧月明。

又

吴憩峰前看夕陽，浮雲東渡思茫茫。雙林春入烟霞古，百谷波迴霧雨黄。草色經年侵客舍，鶯聲長夏滿垂楊。亭西見月遥相憶，五月南風早已涼。

晚興

高館沉沉當翠微，晚涼幽興莫相違。亂螢出草光不定，獨鳥度溪風乍稀。北港泉聲喧野碓，東家月色浄柴扉。遥憐兒女當窗小，憶我經年行未歸。

寄王希顔二首

故人哭母南歸後，聞在雲居湖水西。縗服凄涼悲日暮，素冠攲側任風低。山中馴鹿時時見，林上慈烏夜夜啼。丘壠舊栽松樹子〔二〕，秋來應得與人齊。

其二

靖安縣北望脩江，尺素無因寄鯉雙。對月謾勞清夢遠，看雲未得壯心降。青春花發芙蓉嶂，白日烏啼烟霧窗。待取秋高沙渚浄，便將艇子下晴瀧。

【校勘記】

〔一〕「栽」，原作「裁」，據萬曆橘徠軒重梓本、四庫本改。

聞贛江泛溢衝決金魚寺有懷弊廬感賦

五月水生牛口磯，客子獨憐行未歸。蕩決已聞衝野寺，漂流故恐失柴扉。魚蝦小市舟航集，雞犬深林烟火稀。且可登樓避泥潦，無由縮地問庭闈。

棲霞觀

青湖嶺下入棲霞，縹緲玉清仙子家。宮殿春移九芝蓋，雲烟晝下五華車。冥冥古柏含溪雨，短短青蒲隱岸沙。藥臼丹瓢那可問，高原殘日散桑麻。

寄贈盱江郡教劉公稷

十年不見劉文學，白髮新來幾許長。官舍曉清槐葉暗，泮林春雨杏花香。聽泉定過麻姑洞，看月還尋華子岡。山屐酒壺從倒載，昔賢高詠故難忘。

秋夕

月出烏啼城上臺，臺前梧竹浄塵埃。涼風夜發星辰動，白露秋垂河漢迴。在户莎雞終日聽，隨陽鴻鴈幾時來。絳衣八月南鄰曲，判對寒燈送酒杯。

憶鄧子益

城北高樓子所居，百年文物此何如？清秋對酒看題畫，細雨升堂聞讀書。短褐猶勞慈母線〔一〕，閑門偏枉故人車。臨風玉樹何時倚，悵望南天白鴈初。

【校勘記】

〔一〕「褐」，原作「謁」，據萬曆詩選本、萬曆橘徠軒重梓本、四庫本改。

九月廿二日承鍾元卿六月二十日書且有卜鄰之約未知能遂否也賦答意

九月初承六月書，過時不敢問何如。故園早已黄花後，南國相將白鴈初。直以親情能數問，可緣貧賤轉相疏。卜鄰預喜過從近，遠愧江湖未定居。

贈别屈悠然歸豫章二首[一]

雲松軒館浄林扉，十日尋幽且未歸。坐對清秋桑落酒，行褰高樹薜蘿衣。石欄度曲涼風動，竹屋吹燈夕漏微。自是使君能好客，故人何事苦相違。

又

山堠雞鳴出翠烟，蒼蒼北斗縣樓邊。一年爲客歲將暮，此日别君殊可憐。數里楓林過驛路，誰家橘柚照歸船？綵衣蓉褥看多喜，坐想江雲亂管弦。

【校勘記】

〔一〕「豫章」，原作「預章」，據蕭編本、萬曆詩選本、萬曆橘徠軒重梓本、四庫本改。

送脱因州判之新淦

陶母祠前山郭西，臨流官舍似幽棲。平原樟樹通南鎮，流水桃花隔故溪。春入華筵承宴早，日高畫鼓報衙齊。時清無復勞巡警，隨意東風散馬蹄。

承瑞州萬户劉公衡移鎮寧都道出南平枉顧敝廬以故人書問邀致其塾賦贈一首

將軍出鎮上虔州，江閣喧傳駐綵舟。陋巷已煩紆轡入，不才敢辱致書求。花邊玉節明銅虎，户外金鞍簇紫騮。勿訝承平勞遠戍，極知文雅足懷柔。

過萬安憩達觀寺坐對水西芙蓉諸峰與客談舊遊久之是日得風船先上灘因步至神潭登舟

達觀寺前春水深，維舟汀樹一登臨。坐憐舊日經行路，愁絶新年悵望心。蒼峽雨聲寒瀌瀌，白沙雲氣暮沉沉。不緣南上風帆急，猶擬憑高挹翠岑。

大蓼灘

向午上灘當北風，揚帆絶險似驚鴻。青山亂出雲日下，黑石漫浸波濤中。欹眠估客耳目眩，捎撇櫂郎心膽雄。江流噴薄不自極，人生艱難安可窮。

登鬱孤臺

石面層灘似虎牢，盤渦東峽見周遭。背城二水合流遠，隔岸五峰相對高。神闕紫烟棲鸛雀，浮梁白日偃鯨鰲。來遊最愛西洲上，千樹東風散碧桃。

謁古石固祠因觀宋高宗御賜遺物

亂山盤束五龍堆，萬木蕭森一逕開。白澗灘聲兼地動，空峒雲氣度江來。柘袍鸞鳳輝寒日，寶帶山河拱上台。古廟丹青猶赫奕，百年遺物使人哀。

將發舟承曾自道留宿舟中臨別賦贈

一上南船獨愴神，感君留宿見情親。城頭桃李春愁客，水上星河夜近人。自古文章關氣運，祇今道路昧風塵。從知即別頻回首，烟樹雞鳴已達晨。

由會昌江口分路之寧都賦別五弟

湘水梅州共路分，東風杳杳惜離羣。扁舟逆上幾時到，獨鴈哀鳴何處聞？積雨已生三峽浪，亂山仍隔萬重雲。眼前漂泊誰能奈？猶恐親庭念遠勤。

又

青山黄葉幾時歸，南上獨憐音信稀。老大庭闈終在念，艱難弟妹且相依。荒涼野日行人淚，縹緲山風遊子衣。力學承家應賴汝，暫時分手莫相違。

題山水畫

山岡盤盤多樹林，江水湛湛愁人心。赤雲樓觀落日外，白日溪澗長松陰。啼猿虛疑近翠壁，飛鳥劃恐迴高岑。野亭春色苦無賴，忽憶故人思遠尋。

春日奉次羅肇簡鄭同夫

不見故人心惘然，也應無賴枕書眠。閑尋碧草日又暮，落盡桃花春可憐。雲隔雙峰歸鴈後，水生三峽亂帆前。客懷慰藉思傾倒，衝雨能來白馬韉。

齋前隙地列三石峰因植叢竹其下小雨隱映可愛

南園舊竹困支離，移過牆陰雨更宜。落落出羣看兩箇，蕭蕭交翠待千枝。荒苔古石清閑地，細草虛庭隱映時。一月須抽千尺幹，便裁新緑與題詩。

贈墨客陳東谷

金精東谷子所住，製墨遠繼高人蹤。清秋落杵驚白兔，暗室燒燈騰紫龍。寒石倚天雲氣重，涼風吹月露華濃。青山只合拾桐子，空老巖前萬個松。

火港長老聞公遊金精將歸珠林三德院有懷先廬因别感賦二首

已從雲刹習安禪，又向金精禮洞天。三峽波濤晴雪後，千崖烟霧落花前。杖頭解虎清宵坐，鉢底降龍白晝眠。東下雩陽二百里，緑蘿頻繫出灘船。

又

上人舊業水東村，喬木人家幾處存。珠浦已荒林下宅，石牆猶護寺西園。家聲文物懷先達，夜氣金銀見佛尊。亦擬結茅依水竹，百年興廢得重論。

再陪劉守帥許同知勞經歷遊金精山

石壁前頭紫霧開，凌空百尺見瓊臺。不緣環珮乘雲去，猶想旌旂入洞來。山崦重重春樹直，風湍隱隱暮猿哀。千年遺跡從誰詰，自折巖花送酒杯。

題一樂亭

憶過連家一樂亭，城西山色繞帷屏。水流滄澗鳴飛雨，霧下高林帶落星。萱草葉齊春冉冉，紫荆花發曉冥冥。向來萬里京華夢，猶記吹笙踏鳳翎。

南山寺夜憩柬鄭同夫羅孟文

南山寺前夏已涼，北斗天半夜相將。樓臺參錯臨高市，鍾磬蕭條出上方。獨宿屢移林鵲影，雙飛初散水螢光。客情物態渾無那，暫息塵喧亦不忘。

又

南城城樓高且雄，下有長壕水氣通。次第荷花先着露，無多楊柳最宜風。府中能事稱羅掾，馬上酣吟愛鄭公。自是南遊相見好，疏狂祇覺愧飛蓬。

感懷四首寄呈李子翀鄧子益

異縣南歸憶舊年，瀟瀟風雨楚江船。相看一别成愁絶，可待重逢已惘然。巴蜀偶依嚴武去，成都未報長卿還。川途日有經行便，何事音書不漫傳。

又

鄧郎心性蚤聰明，李子才華更老成。應着綵衣奉慈母，還看鴻鴈憶難兄。遺書獨抱誰相問？佳句新題人盡驚。自合騫騰齊遠譽〔一〕，敢將憔悴托高情？

又

將軍屯戍落秋風，客子離思逐暮鴻。書劍遠投烟瘴外，鼓笳淒斷月明中。野猿引子溪藤緑，山麝眠香石竹紅。涼氣蕭森盤兩峽，直愁華露隕高楓。

又

繡谷峰前濯泠泉〔二〕，金精洞口望飛仙。東南奔走祇自厭，歲月飄零誰與憐。風細柳營秋瑟瑟，日高花館露娟娟。短衣何錨應吾事，欲向鄰村種石田。

【校勘記】

〔一〕「譬」，四庫本作「舉」。

〔二〕「泠」，萬曆詩選本、萬曆橘徠軒重梓本、四庫本作「冷」。

寄韓希説

磊落盱江韓掾史，十年不調滯江城。登山短屐自意遠，近水小樓偏眼明。梧桐深巷闤金井，楊柳小窗調玉笙。且可林泉投野逸，莫持文采動公卿。

奉和劉侯對月一首

深沉鼓角動重關，迢遞星河近暮山。卧匣寶刀鵰尾白，懸門弓韔虎文斑。石林寒落鞲鷹急，原草秋肥厩馬閑。忽憶海天南討日，月中飛箭下黎蠻。

至谷口亭下聞伯友久候不至復歸山中矣再賦

兩岸參差當赤㬩，走馬直度千溪雲。入門不見趙公子，過峽還同鄭廣文。桃林地湧金銀氣，仙掌霞明錦繡文。銕鑠高攀定何處？玉簫疑向夜深聞。

寄贈廣昌盛縣尹

郡邑勞勞困繭絲，喜聞令尹政平夷。中朝奏最宜增秩，南國觀風定采詩。百里不知持牘吏，三年祇似下車時。微生敢恨循廉遠，摇落秋山有所思。

贈戴武子

曾騎官馬下青雲，又駕仙鸞戲紫氛。朝客總稱奇道士，野人猶識舊將軍。城門賣卜時相見，石室談玄世罕聞。中夜起瞻華蓋近，五雲何處是奎文？

秋日燕集鄭廣文呈趙伯友

直誼清名夙所聞，亂山深處一逢君。寒莎蟋蟀謾相語，碧梧鳳皇終不羣。南浦他年書共寄，西城此夜席頻分。相逢更有關情甚，又擬河橋別廣文。

答劉誠本寄畫

故人昔别能相憶，遠寄新城水墨圖。木葉盡含春雨潤，石根猶帶晚雲孤。啼猿遠過盤陀嶺，歸鴈忽沉彭蠡湖。已辦鵝溪玉色絹，南歸問子寫蓬壺。

贈鄭子素迎父東歸

鄭郎身着五綵衣，千里將車迎父歸。不愁江浦寒楓落，即恐林園秋菊稀。令弟已能官邑校，高才終見拔經闈。到家調饍趨庭後，坐想書聲出翠微。

題引翠樓簡元善張兄

盡道樓居思不羣，滿樓山色翠紛紛。高崖斜日含丹霧，碧嶂清秋起暮雲。江上捲簾通雨氣，月中看劍動星文。來遊定覓張公子，載酒題詩過夜分。

張仲良燕餞鄭子素于黄竹逕之梵閣時天氣暖甚桃花盛開後四日爲重九矣得攜字

行客繫船黄竹西，江晴石出少沙泥。背崖木子寒初落，近水桃花暖欲迷。何日登樓思共倚，清秋載酒惜分攜。接䍦倒着從人笑，直過南街散馬蹄。

曾氏蕙花

聞説新安處士家〔一〕，蕭蕭蘭蕙照晴沙。翠交庭户三千本，玉立風霜一萬花。帝子帶纕承白露，仙人旌旆散晴霞。爲君細讀靈均賦，安得攜壺載小車。

【校勘記】

〔一〕「處士」，原作「處氏」，據萬曆詩選本、萬曆橘徠軒重梓本、四庫本改。

孫景武從趙伯友先生遊寧都兹歸省豫章詩以贈之併柬知己者

渝州進士才名盛，此地相逢願不違。喜子能隨青佩至，思親還望白雲歸。長風出峽衣裳薄，亂石横灘舟楫稀。亦有故園秋草裏，旅魂空逐斷鴻飛。

又

豫章城頭山色青，深烟疏雨晝冥冥。謾懷把酒當飛閣，誰與題詩上翠屏？雲外仙人無舊宅，湖邊高士有新亭。故交相見應相問，爲説漂流愧轉萍。

贈董宗文歸樂安

董生讀書赤嶺西，尋常閉户足幽棲。雲中沙鴈驚寒落，江上野禽愁瞑啼。爲養何由沾禄秩〔一〕，旅遊終日愧塗泥。老翁望子行不至，日日看雲攜杖黎。

【校勘記】

〔一〕「禄秩」，原作「緑秩」，據萬曆詩選本、萬曆橋㯃軒重梓本、四庫本改。

贈魏伯諒歸豫章

十月清霜逐鴈飛，旅遊空復嘆多違。野林寒色催黄落，石室秋陰近翠微。聚散總憐今日異，登臨徒感故人稀。將軍宴客偏愁别，更换歌辭看舞衣。

送吴德茂歸崇仁

黄州橋西子所家，春來楊柳滿汀沙。幾時載酒出東郭，到處看山行小車。解拄仙人九節杖，去覓安期五色瓜。雲中華蓋可攬結，遲子歸來飡夕霞。

送詹守仁歸樂安

感子抱書還故丘，丁丁伐木念相求。不愁此別當炎夏，即恐重逢是異州。絶澗雨深垂蝃蝀，亂山日落叫鈎輈。南歸定足三冬學，聽爾鳴鞭賦遠遊。

贈慧上人

仙槎江口楂溪寺，幾度停舟訪未能。頗恨頻年爲遠客，喜從異郡識高僧。雲霞色動禪房衲，星月光涵古殿燈。何日却飛真錫返，故山蒼木翳寒藤。

送曾茂文歸樂安併柬其兄祥文

秋風落葉思紛紛，北固橋南一送君。行李又從今日別，寄書定向幾時聞？長亭月白雞鳴曙，絶嶂天清鴈入雲。最憶難兄工賦咏，即看競爽振斯文。

送董國賢歸樂安

董家伯仲總明經，仲也蕭閒似管寧。暇日過從南北巷，窮年送餞短長亭。金精橘子霜前赤，華蓋芙蓉雨後青。此地愴然成一別，沉浮江海信流萍。

過度門寺訪隱上人

度門寺前溪最幽，亦有羣木依崇丘。時時清磬落雲鴈，箇箇輕舟並水鷗。己公茆屋真堪賦，季子郭田那可求。眼前即恐易爲別，安得杖藜時一遊。

題唐氏蒼然亭

蒼然之亭湖水西，青松萬個與雲齊。秋聲慘淡霧雨集，夜氣蕭森星斗低。野人問字每載酒，老翁哦詩還杖藜。南歸感子不盡意，上有慈烏終夕啼。

送慧上人之九頓嶺

九頓嶺頭愁夕曛，高人南去禮寒雲。白牛露地祇自見，玄鶴出林終不羣。神錫行空風瑟瑟，鉢衣掛樹月紛紛。松崖總是經行路，出定哀猿何處聞？

送杜九皋之金華

公子華年思遠征，浙山千里入脩程。筵開候館林花落，柂轉官河春水生〔一〕。健馬長風朝挾箭，驚鴻涼月夜鳴筝。舊遊寂寞筠陽道，芳草離離寄遠情。

【校勘記】

〔一〕「柂」，原作「拖」，據四庫本改。

奉次王子啓寄敍春初別時事

憶我城南春可憐，湖山長近別愁邊。扣門驚見漏將夕，把炬送行江滿烟。遽喜春深傳秀句，能忘歲晏接歸船。向來風雨河橋路，腸斷楊花白似綿〔一〕。

【校勘記】

〔一〕「綿」，原作「錦」，據萬曆詩選本、萬曆橘徠軒重梓本、四庫本改。

送王監生以就試歸浙未獲薦仍赴太學

東吴鄉貢昔多賢，太學諸生最少年。董子尚遲三策對，夏侯終見一經傳。宫花晴覆金河水，御柳春浮紫禁烟。遥想橋門冠帶盛，時時聽講出宫筵。

送喻仲淵歸省東吴

明秀樓前雨滿沙，石榴花發客思家。水通赤岸西流淺，路入青山北向斜。歸省可能忘夏清，傳經還解惜年華。尋幽若過雙溪去，爲覓秋風舊釣槎。

劉元善彈琴詩

元善，真定人，嘗游臨川，爲虞學士彈琴於天藻亭中，學士爲賦詩贈之，故云。

憶爾彈琴天藻亭，秋風颯颯近帷屏。仙人飛珮去不遠，學士杖藜來細聽。蘭葉臨池警墜露，松枝出石帶流星。只今遺意誰能賦？猶想鈞天奏洞庭。

贈劉元善

故人東去維揚日，學士親題送別詩。一代風流嗟已矣，十年漂泊更何之？久傳大府承簪筆，猶滯滄江理釣絲。寂寞舊遊臨汝曲，秋風鵰鶚起遐思。

送胡明初自西磵歸省柳山

秋雨蕭蕭度翠微，西南無數白雲飛。極知衣綵趨庭樂，況是從師學道歸。江浦星流雞叫早，石林霜遠鴈來稀。送君不盡丘園思，獨倚城樓看落暉。

戍樓燕集呈熊子莊常子中岳維高併懷公衡萬户

戍樓百尺跨崔嵬，公子華筵向晚開。城上秋風低鼓角，江間烟浪入樽罍。登臨謾作懷鄉賦，感慨深憐濟世才。自是將軍勤結構，海天旌節幾時回？

送何天碧歸龍虎山

道人九月江東去，二十四巖烟霧深。落日横峰看鴈度，清霜碧樹聽猿吟。山中紫术堪爲酒，竈底丹砂可化金。淮海風塵愁復别，重尋還許托雲林。

舟次樵墩憶故人鄭文學同夫

浦口維舟日欲晡，柳村桑塢帶縈紆。獨尋古道黄埃滿，忽憶故人秋興孤。螺蚌儘供溪女拾，雞豚偏稱野人呼。西山隔水青如玉，誰與題詩送酒壺？

春同曠伯逵周叔用徐仲孺登秋屏閣是日聞淮郡有警風沙黯然賦呈萬德躬孫伯虞諸君子

古刹蕭條隱石根，荒城高下帶沙墩。斷雲南鴈日初出，曠野北風天正昏。羽檄屢傳淮甸急，龍艘猶滯海門屯。湖山不盡登臨興，回首鄉園獨慘魂。

羅巡檢一中由袁府告羅于贛道阻留西昌久之將歸袁州詩以爲别

快閣西偏寺最幽，江風渚月净如秋。竹間久挂將軍劍，柳外初回使者舟。痛哭秦庭驚晏歲，獨持漢節望南州。日斜戍鼓連山急，杳杳冥鴻慎所投。

送劉掾歸贛

王事勞勞信有餘，時危經濟定何如？兵戈未報東南息，倉廪遥憐郡邑虚。荒草斷城春寂寂，落花歸騎雨疏疏。野人實少干時策，猶掩衡門學著書。

次項可臣感懷

玉華峰下碧溪流，曾向南城賞素秋。明月遠從湘右出，好山如在越中遊。傷心喪亂雲千變，過眼韶華水一漚。此日飄零豺虎外，爲君愁倚仲宣樓。

匡山砦中奉和梅南劉府推韻呈公望楊主簿

萬里旌旗在眼中，千崖寒色待春風。愁來自少登臨樂，亂定誰論戰伐功？桂嶺天長雲似馬，槎灘波浄月如弓。白頭幕府憂時切，此日題詩感慨同。

春日過薛益書舍小酌得春字

二月飛花獨愴神，幾家歸燕不逢人。偶因看竹尋幽徑，愧爾移尊出近鄰。赤地蒹葭淮甸雨，畫船楊柳楚江春。薛華歌調從來好，愁絶新聲淚滿巾。

雲亭蕭氏園池雜興次韻四首

日日西園載酒來，好花深映洞門開。水涵香霧空青濕，山擁晴雲紫翠堆。林逕微風看燕度，石橋細雨聽鶯回。酣歌却望雙峰近，落日松聲萬壑哀。

其二

竹底雛鶯盡日啼，水風涼動小池西。麝香眠起殘花落，蛺蝶飛來碧草齊。二水風鳴湘佩合，三山雲壓楚鬟低。冰盤宴客晴陰裏，次第詩成石上題。

其三

小小窗軒溪水頭，石門古路轉斜丘。野林丹碧風初起，山橘青黄露未收。鳥下平原飛雨夕，猿啼孤嶂斷雲秋。讀書臺近招提境，思見當年隱者流。

其四

露下庭皋錦樹殘，霜融溪路白沙乾。浮雲萬壑天光暝，流水孤村暮色寒。有客求魚朝擁棹，何人載酒夜停鞍？風流最好梁園賦，擬向山中對雪看。

送丁惟中棄家入五峰脩道

五峰山上曉鍾聲，羨子中年出世情。有髮總緣諸相幻，無家始悟一身輕。溪邊洗鉢魚初識，林下傳經鹿共行。遥想神螺光徹夜，幾時來聽説無生？

憶鼎兒

鼎子别來忽復春，可緣多病少精神。最憐得飽坐終日，更解牽衣啼向人。長大他年從涉世，艱難此日莫辭貧。重闈憐汝應長健，白髮時來引笑頻。

晚集舒氏山樓有戲予不飲者賦此寄懷

近郭青山故滿樓，登臨猶及送清秋。干時虚擬楊雄賦，對酒真成王粲愁。水國冥鴻寒歷歷，林梢白鷺晚悠悠。謾將强飲酬清賞，已覺歸心屈壯遊。

三月會宴城南花圃分賦石榴

城南花圃誰頻到？幾樹石榴亭子西。三月未看花亂發，蘘柯偏愛葉初齊。舞裾尚憶佳人醉，使節還憐遠客迷。一色深林烟霧裏，黄鶯故意近前啼。

寄贈瑞金曾尹

縣城深隱亂山圍，令尹能官願不違。硐客輸租前月至，郵胥報事近時稀。庭邊花發幽禽下，壠上桑陰野雉飛。早見循良歸漢記，窮荒猶得借餘輝。

題古木幽篁圖

山中古木無春冬，根結怪石相盤衝。烟雲有時伏玄兔，風雨盡日吟蒼龍。幽篁出澗倚寒玉，細草臨坡被草茸〔一〕。不是畫圖當户見，丈人巾屨久相從。

【校勘記】

〔一〕「草茸」，萬曆詩選本作「翠茸」，萬曆檇徠軒重梓本作「早茸」，四庫本作「紫茸」。

送陳仲寶之南雄府掾〔一〕

山城細雨熟蒲萄，公館題詩送郡曹。總喜風雲培健翮，誰憐法令析秋毫？水生東浦淩江近，路入南荒庾嶺高。亦擬乘槎望滄海，還思投筆釣神鰲。

【校勘記】

〔一〕「陳仲寶」，蕭編本作「陳仲實」，疑是。按，本集卷七有題竹石圖贈陳仲實之南安。

同可用文甫孟文昌祖過連氏池亭觀網魚復酌丁氏別墅

連家庭樹倚溪陰，七月林塘秋意深。已覺經時違眺望，獨將暇日費追尋。尊移別墅黄花近，網集寒潭翠荇沉。今夜酒醒山上月，可堪鳴角間清砧？

贈天與熊煉師歸閣皂山

閣皂高居好煉真，清秋何日下嶙峋？金丹夜氣成龍虎，寶籙玄文動鬼神。蘭蕙深懸青組珮，芙蓉斜拂紫綸巾。南歸定住仙巖側，自掃寒雲禮玉宸。

至正乙未秋九月憲司潘郎以巡歷來吉省掾馬郎以徵糴過贛於其歸各賦贈一首

水驛蒼茫道路開，州人争看憲郎來。簡書消息通江海，車馬光華注草萊。晏歲王程傷遠涉，時危幕府見奇才。繡衣坐鎮東南郡，日望新年報政回。

又

何日南州寇盜平，省臣經濟最關情。年荒外郡仍移粟，歲晏中原更調兵。落日荒林餘鳥道，青山白骨少人畊。風帆歷歷經行處，萬一咨諏慰遠氓。

喜水退過南園問勞子與伯仲兼懷水東别業

城隅水落兩溝渾，猶見泥痕上井垣。昨日豈無魚入市，今朝始有客敲門。芙蓉别港舩初渡，篔竹深林榻謾存。禾黍未收沙壠没，無端愁殺水東村。

早春寄譚若驥時寓居桐林

珠林南上是桐林，愁絶閒居悵望心。蚤歲風濤嗟獨往，殘年雨雪憶相尋。鳥啼獨樹荒村晚，鴈度重雲極浦陰。石上梅花飄欲盡，擬攜尊酒答春吟。

西樓晚興

獨上西樓看夕陽，遥峰暮色正蒼蒼。原邊落葉秋風早，城上歸人古道荒。流水只今通漢沔，白雲何處望荆襄？麗譙依舊滄江上，笳鼓淒清獨斷腸。

訪羅允道值出城晚歸

已出三華離蕊宫，還過栗里訪陶公。尋幽獨恨芳春暮，對酒空懷此日同。蒲柳迴塘新雨緑，松杉横閣晚霞紅。可能城市歸來早，猶及酣吟紫翠中。

寄曠伯逵

謝相園西日逕斜，知君習隱暫爲家。有時出郭行芳草，長日臨池看落花。春去能忘詩共賦，客來應是酒頻賒。五年不見西山色，悵望浮雲隱落霞。

又

亂餘城郭怕經過，到處閑門長薜蘿。用世空悲聞道淺，入山偏喜識僧多。醉歸花徑雲生屐，樵罷松巖雪滿簑。石上幽期春又暮，何時載酒聽高歌？

十月二日假館下徑羅氏莊予兄弟所寓相距若東西家喜賦一首柬子中子彦

畏途暫喜出深山，僻地初便候野關。逖矣風塵千嶂外，依然兄弟一堂間。共尋絶磵樵薪去，相望空村負米還。斜日頻來看稚子，滿庭霜樹葉班班。

過清節先生故居廢址遇野老談舊事

雲亭小徑青山下〔一〕，清節當年故址存。野老尚能收譜牒，鄰人還解識田園。喬林鶴去枝柯改，古井龍移窟穴翻。千載高風知不泯，拳拳經辯著王尊。

【校勘記】

〔一〕「小」，原作「下」，據四庫本改。

卧病山中承如川王侯寄贈青綾被

勞君遠寄青綾被，愧我仍烹紫术湯。已幸甘香分藥裹，復驚温暖到藜床。鄉園摇落黄花雨，江海飄零白鴈霜。歸日病軀堪料理，便迎錦障送飛觴。

贈别龍非池

黄岐龍氏多才俊，喜見長沙舊校官。鄉國十年猶客舍，風塵四海只儒冠。山中採藥無人識，石上題詩有客看。西望禾峰青萬丈，爲君長嘯送飛翰。

書所懷

二月欲半風日清，林居幽事總關情。椒條舊翦愁先蠹，竹笋新栽想亂生。承霤若爲防夜雨，荷鋤應及趁春情。誰將稚子花前戲，幾誤閒車出户迎。

舟中與葉堯有丘弘道同載和韻一首

秋入天河雨滿津，水光山色共清新。舡頭楊柳參差晚，木末芙蓉掩冉春。又向異鄉尋遠客，可緣同載得高人。似聞下邑喧貙虎，猶擬垂綸寂寞濱。

感興次劉以和二首

烟火清明有幾家，楚天三日雨黄沙。城南鶯燕青春暮，江上旌旆白日斜。征馬蕭蕭愁積雨，客帆隱隱送飛霞。絶憐憔悴鄉園裏，江海經年眺望賒。

又

溪上偶尋楊子宅，雨中還過習家池。那無勝地堪攜酒，喜有同宗足詠詩。江草清清愁遠別，林花寂寂笑歸遲。白鷗自是忘機物，莫遣南鄰野叟知。

答王孟極過訪荷山書館不遇之作

王氏才華擅世傳，臨滁文物故依然〔一〕。山中夜雪明書帙，溪上春雲壓釣舡。深港鳥啼花似雨〔二〕，平原人去草如烟。荷峰亭館能來數，悵望高車落照邊。

【校勘記】

〔一〕「滁」，蕭編本、萬曆詩選本作「澴」。

〔二〕「港」，蕭編本、萬曆詩選本作「巷」。

送李敬之赴廣西帥府

帥府西開控百蠻，故人捧檄上遥關。春回桂海雲垂地，夜入榆溪月滿山。客路獨行青嶂外，人家多在白雲間。南征定有詩千首，憑寄秋來驛使還。

七月十一夜宿蓼洲

衆星撒沙爛欲墮，北斗西挂獨分明。征帆暗落水邊驛，更柝静鳴江上城。風低岸草露螢急，月出浦林沙鳥驚。羈棲復此當深夜，漂泊誰能斷此生？

槎翁詩卷之六

七言律詩

題劉道士杏林圖

白鶴觀前紅杏林，高人習隱契玄心。懸壺通市天光近，采藥亂山雲氣深。微雨獨攜松下屐，清風時動壁間琴。望中疑是旌陽宅，車馬蕭蕭費遠尋。

題山水畫

絶壁芙蓉四面開，中天積翠鬱崔嵬。蒼烟盡捲秋光去，飛雨欲隨雲氣來。丹井緑蘿通石穴，紫霞碧樹映瓊臺。那無九節仙人杖，直擬尋真絶頂回。

題鄧漢英所藏山水圖

白雲杳杳冠青山，翠石盤盤倚碧灣。野岸亭臺隨地出，江沙舟楫幾時還。鳥銜烟樹愁孤往，猿挂雲蘿學並攀。最愛桃花流水處，尋源亦擬扣林關。

寄羅明道

曾過溪南訪草庭，絶憐高隱静儀刑。雨沾竹色侵書帙，雲擁嵐光落座屏。松徑曉開巖雪白，稻田冬護水烟青。何由跨犢閒來往，日聽先生講道經。

陪同年劉霖劉鶴臯歐陽銘題三德院

寶地登臨一惘然，故家喬木寺南邊。鐘銘猶記甘泉里[一]，題壁重看至正年。予先世登科，嘗題壁于此，故云。萬里風雲通北極，五湖烟浪隔南天。同游況有同宗好，事業應期久遠傳。

【校勘記】

〔一〕「鐘銘」，四庫本作「銘鐘」。

和答萬訒

家住雲亭河水東，亂來門巷往還空。避時猶擬尋秦洞，獻賦虚懷謁漢宫。松塢乍晴烏啄雪，桑林欲暮鳥呼風。感君晏歲能相顧，尊酒誰知寂寞同。

題滄洲書舫圖送張子明歸武夷

滄洲遠在武夷西，九曲尋源路恐迷。潭面晚晴花苒苒，巖腰春暝草萋萋。何年對月思朋好，此日看雲信杖藜。安得從君棹書舫，酒壺詩帙鎮相攜。

題糜朝英園居

城東園居隱者家，五畝十疃連桑麻。老人自浴丹井藥，稚子重種青門瓜。花邊酌酒驚雨過，湖上吟詩愁日斜。昔賢高蹈可同調，莫遣風塵侵鬢華。

題芝草圖

五色靈芝見者稀，畫圖葉葉動光輝。草間白雪明可掇，石上紫雲愁欲飛。幽人已喜咏伐木，歸士多勞歌采薇。湘南三秀思並薦，漢武齋房今是非。

題張彥輔枯木坡岸畫軸

秋宇道人畫枯木，縱筆所至皆天成。瘦蛟出石雲氣潤，獨鶴横江霜影清。荆門送客愁欲暮，澧浦懷人傷遠情。望中秋意入慘淡，何處青楓聞鴈聲？

奉寄辛檢校好禮總兵進賢之北山

省郎何處屯兵久？彭蠡湖西是北山。飛箭定穿蹲虎石，放船時過落星灣。五年魚鳥知營陣，百里樵蘇絶塞關。聞説嘯臺高百尺，題詩頻寄故人還。

題定元帥清江横槊亭

將軍亭子蔚峥嶸，高壓清江百尺城。馬上鐃歌來獻捷，幕中尊俎坐談兵。石龍鱗甲眠秋雨，金鳳雲沙照晚晴。南望葛峰同峴首，他年遺老寄雄名。

晚酌胡守中湖亭同曠逵賦二首

楊柳中間一草亭，石橋流水帶迴汀。日含細霧明丹閣，雨逐涼風入翠櫺。萍底霞翻魚漾鬣，竹間雪墮鶴梳翎。樓臺北渚催殘景，烽火西山隱落星。

其二

公子幽居湖水西，葦籬莎徑踏春泥。門前車馬有誰到？池上犁鋤還自攜。當檻柳枝垂葉短，出畦瓜蔓引花齊。幾時載酒從栖隱，日坐林陰聽鳥啼。

題珠林江口謝公廟與曠伯逵同賦

倒石源頭野廟開，亂餘臨眺獨興哀。晚山隔岸雲霞出，秋水滿江鳧鴈來。王氣已消陳帝壘，客愁長遶越王臺。烽烟西北猶傳警，擊節酣歌首獨回。

秋日同曠掾史諸友會飲文溪道院時王子啓不果至分韻得深字

夾徑蒼松十丈陰，落花仙館晝沉沉。林間風定晚烟白，江上月明秋水深。梧葉小窗憐醉卧，芙蓉别院憶行吟。南園王子來何晚，遥想吹笙度碧岑。

奉和李府判行華九日遊三華山〔一〕

仙居遠在三華頂，使節真成九日遊。别洞幡幢通上界，亂山烽火隔南州。雕弓隱月啼猿晚，玉帳連雲斷鴈秋。聞説巖扉題句後，綵霞長護殿西頭。

【校勘記】

〔一〕「行華」，蕭編本、萬曆詩選本作「行善」。

陪虞管勾幼悦坐王子啓南園竹林同賦

王子宅前千箇竹，拂簷當户總蕭蕭。土垣近出青相映，池水下通寒不凋。上客頻留蒼玉珮，佳人時度紫鸞簫。重尋載酒題詩處，記取龍灣第二橋。

題友蘭堂文丞相所書爲子沂賦

友蘭堂近古槐邊，自昔王家表世賢。曉露寒沾蒼玉佩，秋風香滿白雲篇。同心有待成三益，異代相看已百年。相筆輝輝華匾在，好勤忠孝答皇天。

羅明道載酒出江寺與曠伯逵痛飲經夕而去因共賦詩爲别

得江字

白髮羅含偏好客，衝泥載酒出林矼。來尋僧子烟霞地，醉卧山人雲霧窗。薜荔晴沙深晚徑，芙蓉疏雨滿秋江。獨憐此去青峰隔，城府何由更識龐？

寄題麾羽軒

諸葛南征且未回，城頭華構立崔嵬。手麾白羽當軒坐，目送晴雲度水來。士馬合圍魚貫出，旌旗分隊鴈行開。極知裘帶從容地，笳鼓時時送酒杯。

送别虞管勾幼悦上贛迎候御史却還省中

郎官迎候繡衣歸，十月清霜傍馬飛。省署總推容禮盛，邊隅人報簡書稀。星横野戍烏啼早，日落江城鴈影微。千里嚴程當晏歲，驅馳莫遣壯心違。

題草堂

胡君舊宅龍江上，五月清風一草堂。霧隱松蘿分曉蔭，雨翻蘭杜浥秋香。連峰當户明書幌，流水交渠映筆床。此日從公趨幕府，能忘高咏向滄浪。

送蕭子所之九江謁劉太守楚奇

嗟子頻年事遠遊，又攜書劍謁邦侯。潯陽亂後多公館〔一〕，樵舍新來有客舟。野樹盡含山雨潤，江花初結渚雲愁。釣耕得似歸來好，甘竹溪南有故丘。

【校勘記】

〔一〕「多」，蕭編本、萬曆詩選本作「無」。

别淮南帥府戴照磨因使還鄉復赴淮南

丞相提兵闕下來，淮南幕府一時開。從軍王粲應能賦，草檄相如獨擅才。萬里關河通驛騎，五雲樓觀接蓬萊。鄉山寂寞兵塵裏，愁絶征人奉使回。

出西郊登山望城中感賦

雙塔金光隱夕陰，孤城寒氣日蕭森。山圍疊嶂黄牛聳，水落迴塘白石深。涼日松杉空苒苒，秋風禾黍自沉沉。東南千里兵塵合，愁絶春時悵望心。

答定上人將歸青原

上人伐木東鄉去，城下渡江秋水深。百里雲山還獨往，幾時烟寺却重尋。衲衣尚想南軍送，貝葉應同西祖吟。回首青原峰上月，相隨應解照歸心。

送別陳宜歸龍興

豫章城闕倚晴虹，公子東歸道路通。表裏湖山烽火後，東西樓觀畫圖中。誰家楊柳秋霜落，何處芙蓉暮雨紅？錦帶吴鈎看騰踏，臨岐呼酒別青驄。

賦通天巖送曾魯卿歸贛巖後有小巖名曾公巖

曾公巖在通天側，舊是曾公自鑿通。東望不堪遭亂後，南歸却憶向巖中。春陰虎卧千峰雪，日落猿啼萬壑風。城市別來應少見，看雲長是憶曾公。

九日登大塔次楊公榮感事一首

清秋絶頂俯巑岏，危磴如行八百盤。北鴈不來天窅窅，南船初上水漫漫。人亡已嘆秦筝廢，事往空悲趙璧完。落日昏鴉愁滿目，若爲渡海逐飛翰。

寄鐵柱觀左煉師

紫霞樓上左仙翁，還向南塘在玉隆。虚闕飛甍雲影外，亂山騎虎月明中。銅駞荆棘秋風落，鐵柱波濤海氣通。别後玉簫渾少聽，令人長憶萬年宫。

蕭鵬舉以生雉貺余賦詩答之

故人爲我致山雞，十里筠籠謝遠攜。綉尾喜當寒草見，錦毛愁向落花迷。仙巖尚憶栖雲石，書館應憐踏雪泥。飲啄未能諳野性，題詩先遣報南溪。

送杜德明歸豫章

雲白江寒雪未消，歸人初發望仙橋。船頭凍酒驚浮蟻，劍底春衣憶解貂。湖雨暗沾徐穉榻，山雲長隔綵鸞簫。喜聞仲氏林居好，舊隱何時許見招？

奉和孫景賢遊韶口永福廢寺

韶口人家幾處存，鳥飛日落見孤村。梵宫草滿埋銅瓦，虞廟苔荒合石門。流水忽驚秋露冷，好山長是晚烟昏。故交最憶昂村客，不獨東偏段與温。

元日述懷和答楊公平

江雲閣雨復纖纖，急雪飛來忽近簷。門掩不知花盡落，樽空但訝客頻添。年光有待愁初破，風物無憑俗謾占。鄰屋春盤初料理，新來蓼薺故多甜。

新年次鍾彦卿

新年舊恨與誰論？破屋荒村獨掩門。野雪蒼茫迷井竈，江雲掩冉逐旗旛。分來菜本烟初潤，落盡梅花雨更繁。老鴈悲鳴方北向，憑高無奈楚天昏。

春日書懷次胡中翁

重簾風細雨波寒，亂後逢春儘笑懽。江渚有烟晴淡淡，鄉山無雪翠盤盤。歌殘白苧銀屏曙，舞罷青萍錦帶寬。西望故園歸路近，滿林桃李待君看。

賦白鵲臺送王子敬之贛

翠玉樓西白鵲臺，當年曾見雀飛來。舊遊寂寞人何在，晴日蒼涼花正開。二水合流喧虎口，五山盤伏起龍堆。殘碑零落層城曲，想見題詩上紫苔。

齋前山茶盛開承胡申翁王厚德攜酒賞之賦茶字〔一〕

爲惜牆陰一片霞，張燈攜酒出西家。要令清夜酬懽賞，不遣東風負嘆嗟。香霧暗沾千葉翠，綵雲低護萬團花。知君不盡尋芳興，賦罷宫茶賦粉茶。

【校勘記】

〔一〕「胡申翁」，四庫本作「胡中翁」。

送袁煉師胡思齋過南溪併柬蕭孝友〔一〕

山路初晴故少泥，喜聞二客過南溪。陰巖騎虎穿雲氣，錦樹聞鶯駐馬蹄。酒熟定從花下飲，詩成應向竹間題。相逢爲謝蕭徵士，何日西峰得共攜？

【校勘記】

〔一〕「胡思齋」，萬曆詩選本作「胡思齊」。

再贈王石泉

禾黍橋南君故家，仙遊時喚鹿將車。穿雲慣識金芝草，掃雪頻收石乳花。流水閒通蒲澗冷，青山低護藥欄斜。何時高頡飛瓊佩，從子春城嘸海霞。

答定上人留覩陂隆福寺寄示二首

城郭歸來思采苓，又聞飛錫過江亭。水光浄想禪心白，山色遥瞻佛頂青。令節題詩蒲截簡，清宵煮茗石支瓶。山房幽賞何由共，長恨傷時醉未醒。

其二

路入東鄉多翠岑，陂灣猶記昔登臨。上人方丈水竹浄，丞相祠堂烟霧深。幾葉玄文遺古梵，百年勝地築黄金。浮雲空切興亡感，分手何由論素心？

和劉府推中孚劉學録仲美諸君遊金華山兼懷曠監州二首

白旆横江事已非，燒餘林麓轉稀微。山中殿古仙長在，雲裏庵成人未歸。武姥謾遺蒼玉珮，石人猶擁紫霞衣。兹遊不盡懷賢感，鶴影蕭蕭月滿扉。

其二

一巘盤迴萬壑分，故人曾此憩清羣。鴈鴻已失孤飛影，鸞鳳空餘五色文。詩塚久埋江上草，使車遥隔嶺南雲。獨將一掬傷時淚，忍對黄庭説右軍。

快閣僧房賞瓶中牡丹賦呈王使君

折得新花馬上歸，天香撩亂入春衣。玉欄霜曉寒初破，金谷雲晴暖欲飛。宴罷最宜燈下見，亂餘應怪草間稀。洛陽池館今何似，誰與題詩送客暉？

遊武山

武山千丈石爲城，縹緲西來紫翠横。上砦雲連中砦起，南巖鐘應北巖鳴。林含雨氣龍歸洞，風度松聲鶴載笙。仙客不歸塵世换，爲君倚劍望蓬瀛。

贈徐山人

亂餘山水半凋殘，江上逢君春正闌。針自指南天杳杳，星猶拱北夜漫漫。漢陵帝子黄金盌，晉代神仙白玉棺。回首風塵千里别，故園烟雨五峰寒。

寄贈印山黄巡檢進賢

茫茫江海暗烟濤，公子臨邊事武韜。野砦入雲山似印，懸巖飛雨石如刀。馬頭獵罷秋風起，劍底詩成夜月高。寂寞林居最相憶，塵埃涼滿舊綈袍。

題生色海棠

生色海棠誰畫得？清溪着色最清真。柔條破玉枝枝潤，細蕊垂絲朵朵勻。神女行雲巫峽曉，仙娥泣露錦江春。金盤華屋毋煩薦，日射銀屏正惱人。

挽鄧子益

猶聞卧病柘塘村，忽報冥栖斂緑原。哭母僅餘三日淚，憶兄空斷十年魂。藏書已逐家人散，吟卷翻憑故友存。亂定重尋迷舊跡，蕭蕭秋草閟荒園。

夜宿永古寺與孤峰上人談詩

蓮花池上月如霜，金地無塵夕景涼。海藏暗浮龍影動，露盤微注鶴聲長。雲栖梵鉢留僧供，風隱銖衣護佛香。一夜不眠聽説法，雨花撩亂滿禪床。

過淘金站

亂餘無地寄登臨，斷隴荒郊噪野禽。山勢只今餘減舴，驛名依舊記淘金。仙遊尚想浮篙度，野戰空悲折戟沉。已分扁舟夜漂泊，月明偏照淚沾襟。

過永和同子永劉憲史遊清都觀謁蘇黄二先生祠

金華仙人玉局翁，清都臺觀五雲東。十年喪亂殘碑在，前代風流二老同。海藏出雲龍起蟄，松壇過雨鶴盤空。傷心落日滄江上，萬疊青峰照蕊宫。

曠維寧於舟中架屋名臨清軒

曠子雅懷江海情，船頭葺屋愛臨清。波間明月有時墮，水底白雲終日行。幽鳥踏波看洗盞，老龍抱石聽吹笙。傷心華屋成塵土，便擬從君覓翠瀛。

送芳上人遊興國清涼寺併柬竹間禪伯

又飛雲錫度林關，好去清涼第一山。寶氣定隨樓閣見，禪心長共水雲閒。幡幢說法千華裏，瓶鉢看經萬竹間。從此巖栖相見少，肯將詩句落塵寰？

雪夜宿武溪温氏明日賦詩柬存與茂林

流水鳴沙雪漲溪，故人家住竹園西。亂餘最愛詩能賦，寒破偏驚酒滿攜。石壁松杉當夜落，野田薺麥望春齊。何時濯足桃花渚，醉踏船舷聽鳥啼。

答胡思齊寄山花數枝

故人采藥武婆岡，折得山花遠寄將。晴露微微沾野珮，洞霞冉冉落書床。護風愛近銀屏暖，分潤驚浮玉井香。看過青春應尚在，能來莫負酒盈觴。

胡思齋遊武山寄松花一枝古詩一首賦此奉酬〔一〕

西華絶頂遠人羣，還有松花結紫氛。昨日寄來猶帶雨，清晨把玩欲生雲。品題秀句驚初見，服食仙方恐未聞。即遣穿巖收絳雪，茯苓同煮定期君。

【校勘記】

〔一〕「胡思齋」，萬曆詩選本作「胡思齊」。

和答舍弟子彦自雩都寄詩併喜性舉亂後歸自殊鄉〔一〕

春暮書回百感生，殘年送别最關情。雲飛遠道千峰暗，花落深林獨樹明。苜蓿久荒良驥病，稻粱未足旅鴻驚。遥憐稚子生還日，不得相從咏北征。

【校勘記】

〔一〕「性」，萬曆詩選本作「姪」。

寄蕭文學

故人意氣眼中稀，長憶相尋扣竹扉。林下掃花留客坐，溪邊折柳貫魚歸。詩題錦軸聯珠潤，酒注山瓢汎玉肥。十里秦青塘上路，醉歌猶擬踏斜暉。

奉寄周思忠其先丞相益國公於余六世從祖常德府君爲同年進士凡誌銘哀挽及倡和詩文概見於周氏所藏遺書當時嘗録以歸遭亂逸去因再請於思忠必有以相慰答也思忠有弟思廉極相友愛余往來城中嘗寓其書舍云

皎皎周郎玉雪妍，由來相裔故多賢。家藏文字三千卷，市隱才名四十年。當户蓬蒿深過雨，滿庭荆樹艷晴烟。向來對酒題詩處，尚想虚庭一榻懸。

其二

益國勳名蓋世賢，昔人寂寂記同年。死生闊絶寧多托，文字牽連幸可傳。珠浦荒丘餘草莽，武陵流水隔神仙。亂來舊録慚飄落，煩與題封寄數篇。

過武溪江南吊故人劉仲美墓

惆悵江南土一坏，斯人地上不勝憂。爲親奉檄嗟多及，忍病吟詩死未休。澤國風塵行處晚，海雲烟雨夢中秋。故人題碣知何日，即恐荒漫失故丘。

聞鶯

南溪喬木三千尺，葉底黄鸝四五聲。公子多情休挾彈，佳人注意謾調笙。乍辭谷口低寒雨，更駐花稍弄晚晴。何日簫韶雜鳴鳳，龍池柳色滿瑶京。

武山下夜宿同蕭子所分韻得雲字

四月十日晚逢君，落花滿地翠紛紛。水流丹壑向千里，月上青天無片雲。典衣沽酒惜春盡，刻燭題詩愁夜分。終然聚散安可極，淮海冥冥孤鶴羣。

題螺川秋望圖寄周思忠

水東之山千萬重，西岸亦有雲騰峰。望中不盡傷秋興，塵外永懷高世踪。古寺垣牆深薜荔，平原臺榭隱芙蓉。何處還尋讀書舍，時聞琴奏出雲松。

汪陂館中贈蕭子儀

北巖虚館少經過，之子能來逸興多。滿袖新詩看不厭，當筵短劍醉還歌。落花深巷愁春雨，細柳迴塘汎夕波。好在讀書叢竹下，題詩頻遣慰蹉跎。

六月自汪陂聞警登武山宿雲峰寺余弟埜有詩依韻述懷〔一〕

西上雲峰一振衣，烟林風磴轉稀微。巖前虎出日欲落，洞口龍眠雲乍歸。秋意又催南國鴈，客懷長戀北山薇。凄涼不寐愁烽火，洒洒飛泉近竹扉。

【校勘記】

〔一〕「弟」下原衍「子」字，據蕭編本、萬曆詩選本删。

遊觀山寺觀山谷太史留題詩刻

白石塘西涉磵碕，赤欄橋外轉逶迤。洞門流水千年在，古殿陰風六月吹。葉暗烏巢秋哺早，泉流蛙坎夜鳴遲。有泉竅，其鳴如蛙。金銀夜氣誰能識？光采空遺太史詩。

題蕭氏竹所

故人已上青雲路，舊隱猶懷翠竹林。碧篠團沙秋漠漠，蒼根抱石午陰陰。論兵幕近閒看劍，留客筵深静聽琴。擬乞長竿釣鰲去，高槎雲海思沉沉。

余弟子彦歸自雩陽程尹幕中承寄墨檜畫軸併題以詩其尚友高致可嘉因賦以答謝之

雩陽政誦藹如泉，猶覺高風早愛賢。綵軸遠煩千里寄，銀鈎驚見一詩傳。池邊洗墨雲生石，花底鳴琴月照絃。坐想才名嗟濩落，愁心先寄峽中船。

答劉誠本寄贈墨檜色竹二軸

慘慘墨株龍首蜷，離離翠竹鳳毛鮮。一時妙筆能兼致，千古清風有永傳。滄海釣鰲誰是客？銀河載石故能仙。相思多那濠梁興，却望空山憶往年。

有感

棼泯絲繩不可治，縱橫豺虎竟相違。春秋有戰元非義，曹檜無風不足思。野廟祭餘烏逐逐，荒城人散狗纍纍。風塵滿地居難卜，山澤何年草可著？

將入富田過深溪聞康山長宗武以視親藥留義山堂不果訪賦詩奉寄

暮入深林路欲迷，還聞藜杖出山西。親庭藥裏應常問，仙館松醪得共攜。落日横江驚虎鬬，殘星隱樹聽烏啼。相看去住成愁絶，猶擬追尋過别溪。

宿下澤顔氏山齋奉柬允大昆仲

顔家兄弟好幽栖，洲掩岡迴路欲迷。萬疊青山雲上下，一溪流水屋東西。夜筵樽俎銀花落，秋雨階庭玉樹齊。惆悵相逢即相别，遺書晏歲擬同攜。

過鳳岡趙憲史仲思隱居茆堂

鳳岡東上見茆廬，知是青原隱者居。溪水當門宜把釣，石巖傍架好藏書。湖山每恨論心晚，城市長疑見面疏。雅志澄清端有待，風塵滿地欲何如？

八月十五夜玩月龍塘黄氏館中聽王伯允歌詩時值夏江上警報甚急〔一〕

駕鶴峰頭月上時，瘞龍塘下客行遲。十年殺氣何時息？萬里流光有所思。北去鴈鴻天似水，南飛烏鵲夜多枝〔二〕。酒酣顧影那能寐，坐聽王郎説劍詩。

【校勘記】

〔一〕「夏」，萬曆詩選本作「峽」。

〔二〕「多」，萬曆詩選本作「無」。

田舍夜坐呈子中兄子彦弟

洪家塘下青楓樹，草屋相依謾一區。物色已隨時事異，月明偏照旅懷孤。殊鄉有客歌黄鳥，空谷何人嘆白駒？故里凋零歸未得，祇應隨地老樵蘇。

攜妻子入石龍山

十年奔走困風埃，此日飄蓬未擬回。謾説管寧浮海去，真成龐德入山來。窺猿驚挽崖藤落，尋鹿疑逢石壁開。從此畏人問名姓，短衣草具儘徘徊。

幽事

城郭風塵故可傷，村居幽事未能忘。閒拈桐葉供題字，時採茆楂當裹糧。避雨偶尋松作蓋，卧雲聊借石爲床。向來長物成多累，始覺蕭然勝故鄉。

九日奉柬劉方東

高秋寂寞逢佳節，蓋室飄零愧苦顏。那有茱萸分客舍，偶隨貝葉落禪關。故園細雨黄花外，絶塞愁雲落木間。多謝高情相慰藉，若爲攜酒上青山。

曉起

墟落蒼凉曙色催，雞鳴已斷鳥聲回。千峰宿雨隨雲散，萬壑奔泉隱地來。客路葉飛隨處有，故園菊在爲誰開？愁來心緒渾無賴，自掩柴扉坐緑苔。

過沙村聞思庵因記往年孫理問奉參政全公檄命駐兵山中招徠東南之負固者時余客軍中留劉君方東所常從孫侯遊庵中溪山不殊風塵方張懷念今昔因賦詩柬劉并識

余思

故人孫宰憶同遊，躍馬分麾駐上頭。塞外旌旂非舊日，山中鐘磬自清秋。雲松暝合侵崖徑，霜葉寒飛撲澗流。滿眼風塵愁更住，爲君惆悵獨登樓。

悲風

悲風野燒斷平原，竟日南天毒霧繁。十口羈窮徒自苦，百年生事欲誰論？荒村日落虎争道，敗屋天寒烏啄門。不待他時慨陳迹，眼前興廢已銷魂。

仲冬二日由下徑輿疾還珠林悼風景之頓殊幸茆廬之無恙喜賦一首

村橋路斷日無光，不似常時入故鄉。野鼠穴糧依蔓艸，田烏啼子上枯桑。偶逢遺老兒孫盡，欲問西鄰井竈荒。慚愧竹西池上路，依然風雨一茆堂。

二瑞詩 有序

歲壬寅夏旱，匡山之陽有泉溢焉，曰聖官潭，流衍五六十里，鄉人因爲陂堰以灌溉，歲則大熟。既而石臺蕭氏家産異草，或以爲芝。匡山康宗武氏爲文以美蕭氏，因引潭水靈泉合芝草爲東鄉二瑞云。

東山二瑞總稀奇，最愛蕭家五色芝。翠羽凌風偏疊葉，紫苞團雪欲分枝。題詩頻憶登臨地，對酒還傷喪亂時。更擬濯纓潭上水，從君採藥事遊嬉。

東園雨坐書懷

鳥自鳴春花自開，離人去住總興哀。荒村道路兼泥潦，故里田廬半艸萊。萬姓瘡痍誰復問？羣雄爪角自相摧。東南竟日愁昏黑，消息虚傳首屢回。

哭曠逵

誰云死别且吞聲，四海相知一友生。金石消磨心尚在，雨雲翻覆事難平。兵前有檄求顔闔，江上何人葬禰衡？文字飄零家室散，爲君忍淚記深情。

訪張其玉山居

十載奔馳未息戈，幽人依舊碧山阿。小橋斷岸穿楊柳，高竹清池蔭薜蘿。抱膝真成梁甫嘆，過門空感接輿歌。田園坐廢還漂泊，孤負東皋雨滿簑。

世亂

世亂還家未有期，青山深處且追隨。聞雞屢覺晨飡早，防虎猶驚夜卧遲。土屋笋高懷北牖，野田禾老憶東菑。珠林江口誰能到，日日看雲有所思。

題竹圖贈鍾子與

午窗書困罷臨池，愛寫篔簹石上枝。高節豈容塵土混，苦心惟許雪霜知。光分汗簡魚蟲古，聲合仙竿鳳鳥遲。頭白鍾期相見晚，爲君惆悵一題詩。

方丘生自號蒲衣道者由安成武功山避亂贛之興國邑令陳文彬爲築長春道院以居之

曾騎黄鶴下青山，又憩長春候紫關。潋水月明花窅窅，武功雲散草斑斑。偶攜竹杖尋仙去，閒看蒲衣採藥還。翠壁丹書如可訪，石門鐵鎖定高攀。

贈别袁性淵併寄舍弟子彦

故人昔别還相見，異縣新秋復遠違。百里放船將出峽，十年對酒共沾衣。雲生絶磵魚龍出，月落荒江鸛鶴飛。有弟飄零定相覓，爲言憔悴幾時歸。

夜宿三台東楊煉師

三台山祀浄明君，香火新從葛井分。案上道書秋後寫，空中仙樂夜深聞。星垂天近連青野，雨過山空起白雲。更有雷壇人不到，十年珠樹鶴成羣〔一〕。

【校勘記】

〔一〕「十年」，蕭編本作「千年」。

謝陳尹文彬惠瓜

喜聞令尹瓜田熟，初折還能及遠人。帶雨抱來青玉潤，含霜剖破紫瓊新。客懷洗滌清無暑，農圃歌謡政有神。待報獨慚瑶玖後，題詩頻寄錦江春。

會飲柬鍾仲安

亭高碧樹起秋風，上日開筵勝集同。燕子歸時先野客，鶴羣飛處有仙翁。流霞注酒驚初醉，急雨催詩愧未工。珍重一時文物盛，他年如見畫圖中。

留别方丘生

道人手把玉芙容，身着蒲衣瘦似松。錦水市中行賣藥，金雞嶺下坐聞鍾。養來乳犬能馴虎，放得神魚解化龍。塵土滿懷還惜别，何年笙鶴定相從。

秋日承薛克恭馬君佑艤舟相問留尊酒而别

江上柴門閉夕楓，沙頭官舸繫秋風。過從敢恨論交晚，漂泊翻憐避地窮。斷鴈烟波千里緑，落霞烽燧五更紅。遠攜春酒還相别，獨酌空懷二妙同。

入城

江水依然抱石磯，獨行空感舊遊非。晚山當户日初落，秋草滿城人未歸。田鼠引羣穿井出，山雞求食傍簷飛。向來車馬東門路，忽憶朋遊淚滿衣。

遣送茶器與歐陽仲元

金樽翠杓非吾事，瓦缶甆罌也可憐。急送直愁衝暮雨，遠攜應得注寒泉。枯匏久厭山瓢薄，凍芋空嘲石鼎圓。撲室栗香春酒醒，能忘敲火事烹煎。

和彭伯圻由武溪寄示

惆悵溪南寄短吟，春光還共客愁深。孤舟人去江浮雨，二月鶯啼花滿林。載酒已憐行處遠，駕車猶擬夢中尋。越王臺下東流水，不盡當時送別心。

春日江上對酒柬僧惟善湯子敏蕭居仁

溪上桃源自可尋，落花流水晝沉沉。雲連木柵藤蘿暗，日轉梔樓楊柳深。幾處鴈羣歸塞北，誰家燕子掠波心。十年漂泊還相聚，莫惜酣歌酒滿斟。

送僧惟善歸省豫章〔一〕

龍門徑裏雨如烟，雲木蒼蒼叫杜鵑。江上客懷悲往日，山中草色記流年。飛花雪片沾離席，垂柳春陰拂畫船。忽憶鍾陵烽火後，湖東水長浸瓜田。

【校勘記】

〔一〕「惟善」，蕭編本作「維善」。

送湯子敬之寧都併柬王太守姜煉師

此日聞君事遠行，還從瑶嶺上金精。百年萬疊晚山出〔一〕，三十六灣春水生。龍去石潭黄竹暗，鳥啼仙洞菊花晴。定陪五馬題詩去，憑報山人載酒行。

【校勘記】

〔一〕「百年」，萬曆詩選本作「百千」。

憶伯兄子中仲弟子彦

鴻鴈哀鳴雪羽輕，鳳雛飛去錦衣明。常時見月憐兒女，此日看雲憶弟兄。下徑春深桐樹暗，湘鄉雲浄峽山晴。何時共對珠林酒，日倚東風賦紫荆。

閬川

一洞深連三十里，兩崖高擁百千峰。溪流交路頻穿草，日色窺林半隱松。野碓春泉秋雨急，土窑煉石晚烟濃。雲深不記平畬路，月落時聞資福鍾。

見搗竹爲紙者人多貨爲楮幣感而有賦

斬竹踏泥泉漬香，蒸雲搗霧洗成漿。一簾春水琉璃滑，萬疊晴雲玉版光。蜀郡鸞牋勞拂拭，秦人魚網費評章。遥憐叔世滋奸僞，鬼幣翻崇簡牘荒。

山樓秋興和友人韻

水口何年別起樓，登臨亦足散羈愁。泉聲近報山中夜，月色遥分海上秋。訪古長懷尋馬跡，尋幽猶擬上牛頭。西巖聞有花如雪，載酒還能共醉不？

九日卧病戲柬王伯衢

重陽獨卧高齋雨，此日兼懷故里秋。滿眼菊花愁共把，多情藥物慰相求。江湖又報兵戈合，田野何由瘴癘收。聞説西樓賓客盛，昨朝攜酒上牛頭。

讀薩天錫詩

三策當年動赤墀，一官南郡奏朱絲。參軍情性丹陽酒，御史聲華白下詩。騏驥雪迷沙苑道，鳳皇春隔上林枝。江淮蕭瑟風流遠，獨坐秋山有所思。

病起述懷

彈冠振席颼輕塵，曉日山頭發興新。藥裹於人真不負，酒杯從此便須親。山田露冷花如雪，石洞雲香艸自春。十日不行林下路，偶看黄菊過比鄰。

水口田家

水口山腰三四家，楓林茆屋帶蒼葭。野人敲火夜然竹，溪女踏雲朝浣沙。水落寒潭魚可捕，草肥秋壠兔堪罝。有時刀槊還登砦，雞犬蕭蕭隔暮霞。

和答湯子敏山中寄示

青杉錦樹連東村，怪禽野狐嗥北原。客居岑寂且自遣，人生艱難安可論。偶尋柿葉寫詩句，更折梅花開酒尊。坐想好懷渾不寐，蕭蕭霜月上柴門。

其二

行李十年愁艱險，空山忽聞驚旅顔。懷賢忽恨清夢結，傷亂獨覺危心頑。玄猿落日相叫切，白鳥晴雲孤去閑。聞有早梅開澗曲，却思乘月弄潺湲。

其三

感君意氣早相親，況復同庚業倍新。歸鴈謾嗟中澤晚，啼鶯遥憶上林春。讀書自昔輕千駟，力稼寧能計百困。晏歲山中卜鄰好，白頭還許往還頻。

有詠胡麻花者同賦一首

挺挺芳莖節節花，輕盈有態瑩無瑕。金繩雪鑄千鈴小，寶樹霜懸萬蓋斜。雲影籠葱栖翠隴，雨香歷亂撲晴沙。苦心獨抱秋房冷，會壓瓊脂滴絳霞。

寄謝可用

五年不見謝玄暉，長憶澄江送客歸。風雨驚心佳節換，江山回首舊遊非。荒城日落羣烏集，極浦天寒一鴈飛。仙女峰前金橘熟，題封何日到林扉？

送青原無塵虚室如海三禪僧往東山迎湛上人一首

好去東山迎湛師，凌空飛錫見三枝。青年海内遊方遍，晏歲峰前度嶺遲。磨衲舊藏從世換，貝多新譯少人知。塔前又報黄荆長，萬一同來慰遠期。

寄孫子林白描芙蓉〔一〕

孫郎作縣有高情，閒把芙容學寫生。玉柱静含秋露白，銀屏低立曉風清。洞庭水落愁新浦，錦里霜飛憶故城。亦擬放船螺子港，幾時呼酒看秋晴。

【校勘記】

〔一〕「寄」下蕭編本、永樂大典卷五百四十有「題」字。

題趙子深山水畫軸

我觀畫圖之青山，百疊巉巖那可攀。長松更出危石上，飛瀑政在雙崖間。草堂流水鈎簾迥，野艇横江收釣閒。安得手招王子晉，共乘笙鶴望遥關。

承曠維寧寄詩併惠茶紵依韻奉答

方嘆殘冬滯遠遊，忽承清貺滿床頭。石泉煮處疑山雨，野服成時稱海鷗。梅崦雪消雲擁棹，華峰天浄月窺樓。明年西上花如錦，載酒端期破旅愁。

乙巳正月八日雨避抄寇由南富入王山

東沔重圍勢已摧，南門烽火劃相催。塵沙遠逐離人去，風雨潛隨暴客來。草色漸從燒後長，梅花偏向道傍開。極知行路難如棘，已信愁心冷似灰。

戲答郭慶守子文

支離漂泊愧無聞，誰遣題詩到野雲？春去最憐花解語，年荒空擬鳥能耘。因風楊柳全無賴，出水芙容故不羣。一紙未能酬濩落，百壺那得致殷勤。

雙鶴巢松次蕭先生韻

江上喬松偃舊梢，春風喜見鶴來巢。竦身已覺天門近，振羽時驚雪片拋。營構能忘塵世累，擇栖終托歲寒交。清平氣類推先兆，麟鳳行看在藪郊。

蕭後峰有詩約諸君暫歸流江賞花因更賦奉酬併呈同遊諸作者

江上春晴花正開，酒船況自水西來。便令鴨綠分金甕，莫遣猩紅上翠苔。三月燕鶯應久待，幾時車馬徑須迴。多情遠謝蕭文學，衝雨題詩特地催。

春日述懷二首答蕭翀

亂餘無地托幽栖，滿目風塵失故溪。身拙自憐蠶縮蠒，家空偏感燕巢泥。草生北渚愁矰鴈，花落東郊憶鬭雞。抱膝獨成梁甫嘆，故人何許重相攜。

其二

落日荒村斷往還，閒居空復嘆間關。溪梟對浴柳當户，野鳥亂啼花滿山。夜雨懷人魂夢遠，春風欺客鬢毛斑。相知賴有王司直，呼酒時時慰旅顔。

雨坐柬湯子敬〔一〕

閉門三日雨如麻，想見高情遠俗譁。止酒能忘杯泛蟻，抄書應喜字翻鴉。江通野水迴春漲，雪壓雲山隱暮霞。明日好攜青玉杖，衝泥來賞石榴花。

【校勘記】

〔一〕「湯子敬」，萬曆詩選本作「湯子敏」。

再和題故里田舍

嶺腰種麥嶺頭麻，土屋門深静不譁。鄰舍編籬防暴虎，兒童分食餧慈鴉。好山夾岸團青玉，流水穿畦注白霞。細雨荷鋤歸向晚，滿庭落盡米囊花。

喜家僮至

西行幾日離柴扉，還説來時燕子飛。日射水田禾葉暗，雨浮山隴豆花肥。池魚吹水春萍薄，野鳥窺巢夏果稀。早晚歸來酒應熟，便攜稚子笑牽衣。

别王子讓

憶過宣華望大村，欲沿流水訪桃源。山中雲石千年在，江上烟濤五月翻。直擬勳名酬竹帛，肯將文字狥華軒？亂來知己如君少，慷慨臨風不盡言。

閲王子讓所集長留天地詩

長留天地知何物，不在尋常文字間。莫信螢光生腐草，須知寶氣出名山。亂餘制作和平少，删後篇章採録難。曹檜有人思雅頌，百年氣運總相關。

讀辛好禮閩中詩感賦一首

當年騎馬入閩山，一路題詩記客關。誰遣精魂留海上？空遺咳唾落人間。兵戈何計牽微禄，瘴癘徒聞困旅顔。風雨小窗孤燭夜，爲君掩卷淚潸潸。

和歐陽仲元流江留别

歐陽於我同年友，客裏相逢奈别何？濁水黄塵俱汩没，丹砂朱紱兩蹉跎。錦塘風起花如舞，仙洞雲飛鳥解歌。我自思歸君更往，愁心如月照長河。

八月十五夜承夏仲寅停舟邀飲江上有作和韻

斷岸荒榛一片秋，駐帆感子意綢繆。幾家明月窺瑶席，此夜清風動綵舟。桂影拂雲通海色，角聲如雨説邊愁。多情共對金陵酒，腸斷他年獨倚樓。

奉和彭伯圻過流江相尋不遇之作

十年江海舊相知，何事重逢竟後期。亂定總知爲客慣，别來惟恨寄書遲。帆開極浦雲飛處，酒醒空山月上時。聞有蚤梅花底約，夢回長是詠君詩。

和蕭子所舟次流江相尋不遇題壁洲字韻〔一〕

江流渡口春水發，聞子繫船林下幽。題詩忽滿西舍壁，把酒獨對南村洲。可憐晏歲不相見，何事青年奈薄遊。却憶甘溪烟雨裏，打魚留客醉風流。

【校勘記】

〔一〕「字」，原作「子」，據萬曆詩選本、四庫本改。

花朝和王伯衢寄示

到處看花不待招，常年客裏寄今朝。高林秀野含丹露，暖日晴雲透碧霄。樂事已嗟隨逝水，兵塵猶恐逐驚飈。祇今誰醉蕪湖酒，腸斷東風十五橋。

春暮承劉子禮枉顧喜聆近作賦此奉酬

故人遠自山中至，三月風花正渺然。高館聽鶯憐白日，畫船載酒憶當年。泥塗早識璠璵器，江海能傳錦綉篇。已覺愁懷劇傾寫，裹茶猶擬試春泉。

客情

清明已過寒雨稀，客情物色共依微。庭前幽草忽如積，江上落花渾欲飛。風雲慘淡隨長戟，塵土蕭條上短衣。雲亭江上麥田熟，昨夜月明還夢歸。

初舍弟子彦將赴贛後聞留荷山曾氏館中喜而賦詩奉寄并呈子中大兄

贛水經年厭旅遊，鄉山此日且遲留。便從聽雨當懸榻，即免看雲戀去舟。落托田園聊自適，沉酣文字復何求。高懷況有曾公子，説劍論詩百不憂。

其二

愛爾東泉林壑幽，石門深窈枕高丘。鵲巢松樹將雛下，魚躍蓮池挾子遊。雲屐登山時自補，雨犁臥壠少曾收。溪陰石溜涓涓緑，最憶來過時一留。

其三

舍南種竹近新鋤，塹北抽茨亦舊除。此日雲邊猶獨往，何年江上却同居？衡門擬著潛夫論〔一〕，石室難藏太史書。亂定能忘酬唱樂？歸來直釣錦溪魚。

【校勘記】

〔一〕「著」，原作「着」，據萬曆詩選本、四庫本改。

題曾鳳山居奉母圖

久聞奉母山中住，驚見新圖帶竹扉。窈窕碧溪愁獨往，艱危白髮喜相依。草香夕雨茅容飯，花綉春雲萊子衣。滿眼風塵行役感，百年終養似君稀。

題楊懋臨所畫平遠圖有左煉師題詩其上因賦此繼之

花島茅亭帶寂寥，松門石逕轉岧嶢。何年流水出山口？長日白雲横樹腰。楊子池前曾洗墨，左師樓上憶吹簫。偶從鄰屋看題畫，獨對春天悵望遥。

送白石上人遊江東

東望龍山一片雲，飄飄徑度大江濆。金山樓閣中流見，天界鍾竽白日聞。鴈下湖田秋欲暮，鳥飛淮浦路遥分。浮杯更過維揚去，何處松巖譯貝文？

秋日承廬陵曲山蕭壽春過林居謁文林别賦贈一首

秋霜滿園桑葉飛，遠煩江上問柴扉。青山古道獨行晚，白髮故人相見稀。細雨高原禾黍熟，斜陽疏樹橘橙肥。殘年甚欲留君住，何事驪駒只賦歸。

題羅巖雲樹圖贈丘弘道歸雩都

浮丘五月尋山去，又見飛霜落翠嵐。即買舟航問雩水，却看雲樹憶羅巖。花迷谷口仙橋合，石挂林腰佛閣參。歷歷舊遊圖畫裏，思君長是望江南。

和答表兄嚴允升留别暫歸興國寓所因促其還鄉云

童稚親情我與君，中年飄散忽如雲。故園骨肉今誰在，異縣山川此路分。月落鴈鴻猶顧影，天寒烏鵲謾呼羣。白頭相望珠林下，夜雨茅堂憶共聞。

富田文彦高先丞相信國公諸孫先是丞相故第及祭田類爲孫寇所奪事平彦高盡復之爲新祠祀丞相於故第蓋盛舉也余過富川拜丞相祠因與彦高相見道舊於别也寫墨竹爲贈復題詩以美之

丞相祠前竹滿墀，亭亭風節在孫枝。詎知雪厭霜披後，如見龍遊鳳翥時。萬壑秋聲傳瑟瑟，兩溪晴緑浸離離。新圖寫贈還相别，晏歲風流重爾思。

賦金精橘和蕭漢高因呈李提舉

金精橘子舊傳名，仙女峰頭記漫生。十月鉛霜凝絳色，千年石乳結玄精。丹房蜜漬瓊脂滿，赤顆湯浮火劑明。幸托靈泉注芳烈，肯隨包貢侈光榮。

泛舟赴上麓道中賦

獨循西嶺泝沿洄，遥見層雲擁阜堆。石激驚波漂沫下，山盤斷岸洑沙回。楊枝齊拂船舷度，水鳥斜翻棹影開。便喜穿雲尋上麓，不愁衝雨下魚臺。

題趙子深雪溪圖

清江趙子酒中仙，醉畫雪溪今幾年？雲垂極浦歲莫矣，路入高岸風凛然。茆亭對雨者誰子，沙溆獨歸惟釣船。還憶橋南聽鶯去，春衫輕騎漱青天。

過西嶺下臨眺和蕭漢高韻

南村西崦路何窮，草屋柴扉處處同。山雉獨鳴千嶂雨，野鳧争颺一池風。長懷石洞吹簫侣，不見華峰採藥童。何許碧溪流不盡，桃花源裹若爲通。

江上即事柬雲衢王徵士

殘霞夾樹紅於火，寒水無波黑似冰。溪獺銜魚穿斷港，野禽啼雨上枯藤。舟前風瀨餘千里，屋上雲山出幾層。歲晏獨悲成濩落，樓高還許共栖憑。

須歸

臘月四日寒氣驕，江風颯颯雨瀟瀟。行人苦病須歸去，故友多情莫見邀。直愁固里泥没馬，兼恐禾溪雪斷橋。況復柴門喧稚子，梅花落盡柳抽條。

題楊補之六七十歲時所畫淵明像併寫歸去來辭後

長憐放筆寫梅真，何幸披圖識故人。晚歲親臨歐褚法，清風却掃宋齊塵。杖藜獨去斜川晚，野服微吟五柳春。尚友交情千載上，爲公再拜一沾巾。

寄湯子敏伯仲

文采風流憶二湯，春鴻秋燕兩相望。聞趨禾水趨螺浦，還在南塘在夏洋。長倚華峰瞻過棹，時尋松石認書房。田園官府俱勞勩，白髮新來定幾長。

歲暮南溪東諸君子

簷前白日又成晚，溪上青山渾欲春。晏歲偏傷多感客，異鄉猶有未歸人。數株楊柳摇落盡，一雙鵜鴂來往馴。最惜酒酣羌管發，霜風拂拂起梁塵。

寄題會昌陳氏近村小隱

潁川太丘賢子孫，卜宅湘川還近村。斜日數尖山入座，清風幾箇竹當門。載酒每聞佳客至，卷書時共野人言。若爲攬袂去城郭，遠訪桃花流水源。

早春登古城和羅惠卿

贛江清抱古城東，春日登臨思不窮。兵後人家寒草外，燒餘僧寺夕陽中。粤臺曾駐東朝跡，陳壘猶傳北伐功。長憶來遊鐘磬静，獨憑高閣聽松風。

春夕有懷

竹爐瀹茗火初殘，苔榭收書露未乾。頻剪燭花知夜久，偶拈酒斝覺春寒。社前有客鋤瓜地，亂後誰家理藥欄？不爲閑情愁不寐，愛看明月過林端。

偶然

已分林居種薄田，又從江館勘遺編。一春聽雨憐今夕，獨坐看雲憶去年。紫燕來時花滿樹，鵓鳩啼處水生烟。極知出處關吾道，可得相逢是偶然。

詠春草

春來何地不芊綿，浥翠含香故可憐。渭水城邊寒帶雨，咸陽原上煖生烟。楚宫舞罷飛蝴蝶，蜀道愁多叫杜鵑。惟有牆陰青一片，閑身相對自年年。

漫興

山下碧溪渾欲平，溪邊春事總關情。定巢紫燕忽雙過，隔水雛鶯時一鳴。凍入秧畦愁近雪，光涵風浦愛新晴。南園草緑無人到，應是滿林春笋生。

春暮

山木深深叫子規，庭花冉冉送遊絲。正憐白髮新添後，況是青春欲暮時。高閣卷書看燕子，小池對酒愛鶯兒。青山自信鄉園好，歸計他年尚未遲。

春歸

東風吹雨過横溪，兩岸陰陰萬木齊。江黑未看王鮪上，山青偏聽子規啼。停舟遠客勞相問，載酒佳人憶共攜。春色又歸愁未醒，南園花落草萋萋。

春日登樓和溪南韻

碧澗青峰爛不收，岧嶤百尺見飛樓。風騰鸛雀雲間出，日射鯨鰲海上浮。石浦草生迷客望，龍門花落憶仙遊。知君剩有登臨興，日日題詩倒甕頭。

去秋承王希顔自贛歸舟經白沙祠有詩相憶比會延真約以卜鄰江上兹春尋往聞又復西上矣賦詩一首奉寄併答往懷

承聞初出贛灘時，千里風波有所思。卜宅重尋流水坂，艤舟還訪白沙祠。鹿門隱去柴車在，秦谷歸來木鑱隨。海内故人零落盡，白頭相見不勝悲。

江上風雨驟作

飛鳥冥冥故不喧，江濤呼泡欻飛翻〔一〕。浮雲北去萬馬急，落日西沉千樹昏。風捲虹光穿亂石，山圍雨氣冪荒村。野人欲睡還驚起，收拾殘書自掩門。

【校勘記】

〔一〕「呼泡」，萬曆詩選本作「呼洶」。

林卧

梧桐金井是誰家？蘆葦荒城起暮笳。密葉不知微雨過，長空又送夕陽斜。誰能林卧看無始？自信天遊樂有涯。何事桃源人不到，洞門終歲鎖丹霞。

八月

八月風烟接渺漫，千崖景氣入凋殘。夕陽欲下蟬聲急，秋水忽生鳧眼寒。海内兵戈今日盛，天涯道路古來難。祇疑蓬鬢經時短，强擬愁腸對酒寬。

將歸南平發舟喜賦

梅演山前聞鴈來，珠湖渡口放船回。晚雲出嶺作疏雨，秋水滿江生緑苔。故里風烟頻入夢，中年世事獨興哀。飄摇莫戀詩千首，斷送深憑酒一杯。

寄答劉仲脩

君家自昔推名宦，勝概曾聞重此邦。列騎旌麾專上郡，啼鶯花竹遶清江。愁來吊古心情異，亂定還鄉鬢影雙。聞説城闉渾不到，碧山深鎖白雲窗。

其二

常懷巨嶺訪仙期，更憶東昌對酒時。四海風塵餘濩落，十年文雅擅瑰奇。著書已辨魚蟲古，覽德猶嗟鳳鳥遲。喜得新詩千徧讀，夜寒霜管不勝吹。

送羅楚材赴廣東之辟

辟書幾日到林間，行李乘秋上庾關。已報炎荒開相府，定求藥物駐仙顔。賓厨鹽送銀花白，使舶香分錦鷓斑。南過羅浮莫留滯，滿山松桂待君還。

和郭慶守秋日相憶

憐君心性早相如，中歲鄉園喜近居。養鶴屢分餅裹粟，送猫許護案頭書。窪泉雨溢禾苗秀，石嶺霜清橘柚腴。幸自往來便杖屨，不煩童稚候輪輿。

奉和廖子謙先生江南舟中酒渴思茶見貽有作

謝公廟前江水清，獨鴈叫羣時一鳴。雨連遠樹低欲暗，風颺小舟欹復横。長吟子夜勞相憶，擬和陽春愧不成。未應苦渴耽著作，會見君王詢長卿。

送吴明理歸贛州寓舍

江上芙蓉作錦紅，飄飄歸棹趁西風。亂山正在波濤外，故里猶迷烟霧中。四海交遊春夢遠，十年流落壯心雄。小樓昨日登臨處，尊酒寒花孰與同？

次吴明理登快閣留别韻

鬱孤臺下雙江流，我昔繫帆曾一遊。蛟龍怒湧灘石夜，猿狖悲啼山木秋。客懷袞袞不自極，人生勞勞安可休。與君乍見即爲别，何以釃酒留輕舟？

寄表兄嚴允升

江上西風吹白蘋，天南聞鴈獨傷神。愁來望遠悲秋草，老去還鄉憶故人。謾想紅顔騎竹馬，總憐華髮戴烏巾。早憑收拾遊山屐，歸把濠梁舊釣綸。

題蔡子敏墨梅

安撫諸孫子獨賢，閑將幽思寫梅仙。半生冰雪山林裏，十載風塵道路前。東閣題詩雲滿樹，高樓吹笛月當天。祇今冷蕊侵華髮，圖畫相看一惘然。

觸事

眼見林櫻墜赤珠，愁隨庭草積氍毹。茶烟出户自明晦，花雨拂簷時有無。把筆祇應酬笑咏，杜門久已厭奔趨。褵褷一點林稍雪，悵悵幽禽不受呼。

題復初師松雲山房

禪房遠在東山下，千尺青松一片雲。偃蹇不隨龍起蟄，清高還與鶴爲羣。窗間挂錫尋珠樹，石上看經識貝文。中夜雨香清不寐，天花如雪落繽紛。

寄答劉子禮

聞君近賦悼亡詩，憔悴鶯花四月時。流水只今餘恨意，故園何日定歸期。猶傳道路兵戈塞，自愛山林歲月遲。憶過王郎尋不見，子規啼斷石楠枝。

東舍新成偶題

自愛閒居帶小園，不堪多難似荒村。年年愁雨理蓬翳，日日傷春芸草根。秋種漸看雞哺子，夏陰猶待竹生孫。依栖倘遂禽魚樂，來往毋煩車馬喧。

山中有懷左煉師

東風昨夜到巖扉，觀物應知静不違。碧嶂花開山入繡。緑池草滿水生衣，卷書石上彈棋坐，送酒林間負杖歸。却憶西山紫霞客，仙遊何許寄書稀。

九月八日述懷

九月登臨拂帽紗，十年回首一長嗟。只今城郭多秋草，何處池臺有菊花？澤國雨垂龍影斷，海天風急鴈行斜。清尊久覆無煩問，擬折茱萸試煮茶。

九日和溪道中和尹秉文韻

出山細雨復斜陽，道上茱萸也自香。遠客謾嗟同泛梗，故人何意共持觴。芙蓉秋水才難並，騕褭春雲興不忘。此日林居須種菊，爲君高咏玉山莊。

題劉艮山莊

何年結屋並滄江，一徑幽通絶澒㶑。茭白叢深垂釣舫，冬青葉暗寫書窗。隴頭種雨餘三畝，灘面分雲自一矼。亦欲移家成小隱，閉門高枕聽鳴瀧。

題和溪釣叟幽居

清秋溪上垂綸去，幾日城中賣藥回。十載看雲高興在，一時聽雨好懷開。水邊薜荔懸青竹，庭下芙蓉照錦苔。南望白泉深百疊，願從招隱賦歸來。

贈别劉如玉

吾宗别有神仙裔，風格如君故自佳。早歲别多仍遠道，中年亂定更無家。山中秀句傳堪誦，竹裏齋居静不譁。好是城西三徑在，便應鋤雪種梅花。

贈歐陽生棄家入道

知君結習在林泉，萬里經遊憶壯年。已解塵纓辭劍客，便披雲褐禮金仙。清心獨坐蒲團月，瘦影閒栖柏子烟。柱杖叩門端有約，秋風來看遠公蓮。

題一鏡亭

一鏡亭前看緑池，纖雲不動晚風遲。團光翡翠鷩相避，照影芙蓉欲並窺。海兔浴毫凝夜白，水蟲書字散寒澌。安得鑑湖三百里，棹船高詠謫仙詩。

觀同年劉雲章詩集有留題三德院聽琴老君壇等作感念存没輒題一首於左方因以柬雲章云

久别故人心惘然，忽看詩句憶當年。蛟騰古寺雲生壁，鶴去仙壇月滿天。晚歲歸栖真不負，舊交零落總堪憐。密湖好種垂楊樹，爲報春來繫釣船。

嘗柑子果

結根僻在贛山西，風味何年入品題？物色早煩天語問，甘鮮還共橘包攜。霜餘鳥雀朝朝下，霧裏䶕鼯夜夜啼。萬里中原荆棘滿，獨拈青顆爲悲悽。

雨中送蕭翀還南溪

江雲洩洩雨絲絲，相送橋南獨去時。歲晏祇傷爲别苦，山寒應恨到家遲。地毛久報征輸急，野哭猶傳戰伐悲。知有茆簷風雪夜，若爲擁葉共哦詩。

賦秋江寄贈友人

東南烟霧海門深，悵望秋江萬里心。鴻鴈欲來天漠漠，魚龍不動晚沉沉。夕陽紅亂荷花浦，暮雨青懸楓樹林。白石緑莎沙路遠，扣舷何許一相尋。

贈曾如鑑山人 有跋

君平嶺上兩松樹，秀色參天五百春。喜有孫枝承世澤，獨窺玄秘啓神珍。漆燈何代明金鴈，華表誰家擁石麟？我有先塋翳烟草，殘年風雨倍傷神。

昔曾文迪與弟文迪，各植一松於其鄉崇賢之君平嶺，其大俱數十圍，迄今猶存。人謂文迪爲大曾仙，文迪爲小曾仙，以别稱之。如鑑蓋其裔也。如鑑相地，本之世傳而理辨精洽，余甚慕之。先時，嘗約其過余珠林相先塋，謀更卜焉。既而不果至。兹再遇於龍門山中，相視惘然，輒題此以速其來，故末句復深致意云。時丙午年冬十一月，南平劉荆生書〔一〕。

【校勘記】

〔一〕「南平」，原作「南斗」。按，劉荆生即劉崧，本集卷一題寧都州學圖詩序署「南平劉楚」，兹據改。

江上見早梅

歲暮雲山意共悲，曉寒霜樹日初移。遥憐江上蕭條客，獨對春前爛熳枝。雅韻可堪愁未醒，幽香故與静相宜。若爲折寄腸空斷，白雪黄雲渺去期。

度梅嶺

江廣東西此路分，千峰迢遞入層雲。山川元氣有關隔，風土殊方異見聞。駟馬安車宜並駕，六丁棧道可齊勳。曲江祠古蒼松在，長鎖烟霞五色文。

出須陽峽二首

出峽入峽皆天風，朝雲還似楚王宫。羣猿呼笑青林上〔一〕，八槳欹摇白浪中。

望海瘴烟愁更入，問程蠻語苦難通。向來道路饒荆棘，此去車書慶混同。

【校勘記】

〔一〕「呼笑」，萬曆詩選本、四庫本作「呼嘯」。

其二

兩峽東西互犬牙，一灣寒水浄無沙。野鹿畏人騰絶磵，山猿飲水憩高槎。老藤翠抱三春葉，陰洞紅迷十月花。蒼緣青壁愁無路，獨倚蓬窗咏日斜。

題海角石

廣東省治後有奇石，拔起土中，可三四尺，尖鋭如笋。或題爲海角，搆小亭覆之。蓋好事者爲之。因賦柬顧郎中光遠。

何年海嶽孕奇珍，偃蹇空餘數尺身。貫地莫窮山脉絡，倚天還湧玉精神。觸邪定亂千年獸，瑞世終爲五色麟。爲語藩臣勤愛護，勒銘應得比堅珉。

越王臺

廣州城北越王臺，猶想旌旗此地來。井屋帆檣連莽蒼，荆榛烟雨上崔嵬。東南海水一杯瀉，西北雲山萬馬開。不盡登臨當日興，空遺歌舞後人哀。

廣州水驛除夕

新年忽報明朝是，舊俗猶傳此夕同。千里夢驚江驛雨，五更愁怯海潮風。椒花盤映椰杯緑，蕉葉窗含蠟炬紅。不是思歸渾不寐，早朝還憶大明宫。

正月十二日肇慶府觀迎春

南訪龍媒踰五嶺，北瞻鳳闕想重樓。日邊奉詔辭金馬，海上逢春送土牛。充席荔蕉憐遠物，繞城桃李似中州。永懷恩宴承宣早，光禄筵深酒滿甌。

將至藤州喜賦

孤城隱隱見中流，八槳翩翩送客舟。山擁瘴烟迷柳硐，水穿石磧下梧州。寒暄異景愁深入，言語殊方强笑酬。莫歎羈懷勞北望，且勤王事賦南遊。

正月二十二日赴容州道中

一十日春饒霽景〔一〕，數千里路信郵亭。野花有恨何勞白，山水無名只解青。殘月哀猿啼裊裊，暮烟孤鵠去冥冥。南京三月歸期早，應及聞鶯侍紫庭。

【校勘記】

〔一〕「二十日」，四庫本作「二十日」。

將至高州憶僉憲潘士謙時分按雷瓊

東上遥峰曙色催，日光林影共徘徊。藤花亂落溪風起，木葉驟鳴山雨來。澗道水深行處轉，石門雲氣望中開。潘仙何許燒丹去，擬共吹笙拂紫苔。

望雷陽城

四原如席萬山窮，南望雷陽杳渺中。風捲草沙鳴淅瀝，日銜川霧轉曨曈〔一〕。山場雲逐鹽烟起，野港潮隨蜃雨通。不盡登臨懷古意，喜聞遺廟有旌忠。

【校勘記】

〔一〕「曨曈」，四庫本作「曈曨」。

二月二十九日三更渡海之瓊府

南望瓊山一點平，三更津吏報舟行。沙頭潮汐常依候，水面風濤敢計程。簫鼓雄沉魚起舞，帆檣高下火争明。乍眠欲坐還欹側，卧聽黎歌踏槳聲。

瓊山即事

沙港風船雪色如，土屋人家星散居。負瓶入村挈淡水，操網下海求鮮魚。焚艛風起波浪黑，黎母日高烟霧舒。佛桑花下且勾酒〔一〕，椰子林中宜讀書。

【校勘記】

〔一〕「勾」，四庫本作「酌」。

三月十四日渡海將北歸

天水空濛曙色浮，聞雞衝雨下焚艘。潮頭舟楫同千里，海上山川自一州。土釜飯香分葉裹，瓦瓶酒熟倩藤勾。可能欲別仍回首，蘇李遺風尚可求。

述懷寄蕭翀

平生剩有閑居興，誰信中年不自由？荷橐日邊方北覲，乘槎海上復南遊。詩書久益丹心苦，風雨俄驚兩鬢秋。疏拙自慚無補報，要知只合老林丘。

其二

南澗西巖在眼中，可堪蹤跡墮塵紅。午門待漏驚寒月，丙舍看書憶晚風。誰引小車尋故友？獨騎瘦馬伴羸童。他年投老珠林曲，賴爾過從慰此翁。

有懷山中故人蕭學文因題於古木畫圖之左併寄

梁塘遠在武山西，千里相思意欲迷。庭下紫芝隨露長，樓前紅樹與雲齊。何由問訊傳魚素，每憶過從信馬蹄。美酒輸君閒百斛，只今安得醉如泥。

兵曹對月念家問不至有懷子中大兄并子彦諸弟

吏散西曹月自明，褰衣顧影倍凄清。嬌痴不獨憐兒女，老大還多憶弟兄。紫禁花明催曉覲，青郊草滿廢秋畊。故鄉正隔三千里，白髮新添數十莖。

其二

欲問江干水竹居，南來舟楫未全疏。如何荏苒三秋候，不寄平安一字書。事主只今縻禄秩，還家何日省丘墟？丁寧爲約南園樹，留取寒花伴把鋤。

送友人奉旨侍親歸山西

曉陪鶴駕覲龍斿，忽報承恩養母歸。拜命五花金作誥，還鄉千里錦爲衣。太行日上雲初起，汾水秋高鴈正飛。禄米滿車新酒熟，殷勤先與壽庭闈。

鑑湖清隱爲趙圭玉賦

先生舊隱鏡湖邊，柳屋荷汀引釣船。聽雨有時燒竹坐〔一〕，看雲長是挾書眠。松花春釀開山甕，菱米秋收當水田。此日嚴趨金馬召，他年應遣畫圖傳。

【校勘記】

〔一〕「竹」，四庫本作「燭」。

寄水南劉叔和羅惠卿併古城竺西上人

故園一别向秋風，無數離愁逐斷鴻。鏡裏髮從今歲白，尊前花憶去年紅。鹿門杳杳遺龐德，廬阜蒼蒼閟遠公。相憶何由謝塵鞅，暮雲愁絶大江東。

寄清平絶聽長老并柬一如上人

雨花堂上老尊師，我昔南遊往訪之。出郭何曾持鉢去，據床長是坐禪時。扣門覿面驚相笑，呼酒論心更不疑。白髮滿頭應健在，他年廬阜結深期。

予甥龍務大以侍親南歸來告别因懷兒子平原書五十六字遺之

丹鳳翩翩五綵衣，也隨計吏上京畿。十年便可從師學，千里還應念母歸。水驛行經春草緑，天門朝罷雪花飛。阿原久别憐渠小，此去相看願莫違。

題贈樸闇醫士

樸闇道人神宇清，手攜緑玉上南京。市中壺公自不老，海上安期知有名。當欄種藥花露濕，篝火斸苓松雨晴。鄱陽山水亦故里，何日放船歌濯纓？

寄孫如心

長懷嶺外南歸日，曾向晴灘艤客舟。驛舍正當沙浦口，草堂更在石橋頭。籠鵝未報將軍帖，騎馬真成山簡遊。此日感君多意氣，看雲長是獨登樓。

題蜀山草堂爲上人賦

上人草堂風物清，衹言陽羨是青城。誰知習隱孤峰下，猶有懷鄉萬里情。坐石翻經延月上，臨流曳杖看雲生。幾時却汎吴江棹，來聽松門澗瀑聲。

自東海還京得子彦弟所寄期字韻因和見意仍用其首句云

蚤歲艱難各自知，老來道路獨奔馳。三年從宦曾無補，千里還家未有期。石浦釣魚春雨過，海門聞鴈莫雲悲。忽傳南巷新堂好，日日看雲有所思。

奉和秦僉事文剛分巡保定道中見寄韻

承聞攬轡歷西山，風物蕭條井邑間。邊日數峰明紫翠，海霜萬樹散斑斕。單居謾感經時別，遠涉應知隔歲還。無奈天寒烏鵲噪，爲君長夕倚松關。

竹友軒詩

省郎高節夐無塵，交好宜爲竹所親。風細秋聲傳玉珮，月明寒影上綸巾。瓦盆酌酒還相對，柱杖敲門故不嗔。亦欲從君分半席，渭川何處是通津？

題山水畫爲趙可久參政賦别

江流浩瀚接滄溟，野色依微帶草亭。霜入楓林開錦綉，水生蘭渚漾空青。菰蒲日照鵁鶄影，楊柳風翻翡翠翎。無限臨圖懷别恨，可堪邊鴈月中聽。

送北平省都事樊仲郛齋洪武七年正旦賀表上南京二首

洪武六年冬閏月，省郎入覲自燕臺。邊庭拜表千官送，京闕朝正萬國來。班引侍儀宮樂奏，禮成光禄御筵開。薊門柳色還相待，應帶春光萬里回。

其二

淮海東南是帝京，五雲繚繞九重城。光風盡解龍河凍，麗日徐開鳳闕晴。春宴戴花迎彩燕，早朝穿柳聽宮鶯。前年我亦陪供奉，此日偏憐送别情。

題李銘古木竹石圖

李銘作畫性所耽，筆意遠與黄巖參。山雲不動光湁湁，溪雨欲滴寒毵毵。荆揚自古貢蓧簜，匠石何處求梗楠？風沙滿目忽見此，春夢昨夜思江南。

寄萊州太守趙圭玉往在兵部與君實同事余後乘檄出海上乃相失於交臂之頃今年秋余亦調官北平望萊州復隔千里追憶舊好詩以訊之

三月乘槎海上歸，君來我去偶相違。海神廟下波濤壯，萊子城邊草木稀。作郡新聲隨日起，趨朝舊夢逐雲飛。誰知華髮燕臺客，歲晏愁吟雪滿扉。

其二

憶在兵曹三四年，君留東署我西偏。檢書清夜燃官燭，沽酒常時數俸錢。借馬獨行緣送客，聞雞相喚去朝天。論交亦有胡兼許，此日天涯各惘然。

贈李克雋主事還京

我去兵曹已隔年，喜逢佳士向幽燕。簡書報政無稽事，翰墨名家有世賢。古道風高塵撲馬，官河冰暖水生烟。遥憐百尺津頭柳，總解垂絲拂畫船。

早春燕城懷古

金水河枯禁苑荒，東風吹雨入宫牆。樹頭槐子乾未落，沙際草芽青已黄。北口晚陰猶有雪，薊門春早漸無霜。城樓隱映山如戟，笳鼓蕭蕭送夕陽。

其二

宫樓粉暗女垣攲，禁苑塵飛輦路移。花外斷橋支贔屭，草間壞壁綴罘罳。酒坊當户懸荷葉，兵壘緣渠插柳枝。不見當年歌舞地，空餘松柏鎖荒墀。

其三

高城層觀俯深濠，土屋人家結搆牢。旃裘已變胡虜俗，弓馬不數幽并豪。河交凍凌作平地，風捲沙堤如涌濤。猶有寒威錮松柏，那無春色到藜蒿。

其四

秋月春花不可論，關河形勢古來存。燕歸邃閣銅鸞墜，人散高門石獸蹲。牛引柴車穿柳巷，馬銜霜草出花園。由來在德非關險，不獨阿房可斷魂。

其五

不見當年百萬家，蕭條井邑暗風沙。苑牆雨壞空攔馬，宫樹烟昏自集鴉。部族向來誇猛鷙，野人無復記繁華。誰知儉德今王盛，更化同風極四涯。

其六

海内蒼生困亂危，宫中舞女鬭腰肢。金渠水暖龍船出，彩閣花香翠輦移。松柏盤空皆偃蓋，柳條拂地更垂絲。迷樓不獨江都恨，鳥竄龍沙更可悲。

早春

早春延望怯風沙，清晝行吟見物華。退食廣庭無一吏，護巢高樹有羣鴉。晴光荏苒榆開莢，紅意相將杏作花。何許歸鴻方北向，可憐遠客正思家。

二月十六日將赴臺留别樊都事仲郛黄理問元徽

本從老圃學擕鋤，幸際明時出曳裾。濫食祇慚公禄厚，按行常恨吏才疏。天寒羸馬嘶長櫪，日晏慈烏下廣除。淺薄將何供補報，蕭蕭華髮不勝梳。

題前崇文直長趙居敬令子所藏翰林諸老詩卷後

趙君直長崇文日，奏藝曾居衆寀先。宫女開函收玉軸，侍臣傳詔賜金錢。當時翰墨青雲上，此日山河落照邊。得似名家惟一技，閑門青草自年年。

和子彦涼字韻

馬上絺衣早已涼，入門驚見兩悲傷。五年別去今還健，萬里來看意未央。鬢髮相將俱老大，羽翰那得共飛翔。清泉白飯桃花酒，强自逢人説故鄉。

贈醫鍾本存因勉其歸故里

先生舊宅丹砂里，賣藥燕城未得歸。製就术芝長滿握，種來榆柳各成圍。烟霞久伏丹爐火，塵土還憐白苧衣。早晚風帆向南發，千崖春雨茯苓肥。

送燕相府知印張楚芳省親還贛

江鄉早歲識奇才，萬里驅馳薊北來。護印暫辭王相府，寧親還上令公臺。家傳舊業書連屋，壽介新年酒滿杯。二月官河冰解凍，放船莫待檄相催。

九日追和虞太史韻柬徐僉憲叔明

莫嘆飄零萬里身，尊前相見即相親。黄花翠竹來江外，紫蟹銀魚出海濱。鴈度石門雲氣近，烏啼金井露花新。不辭令節成懽醉，總是登高能賦人。

聞伯兄中翁有水竹居之樂賦此奉寄

齊化門東送子歸，低頭惟有淚沾衣。故園已是三年别，客路還看一鴈飛。蝌蚪官河冰漸合，烏啼宫樹露全晞。到家應及椒花宴，莫遣春來音信稀。

春日即事二首

重門高鍵擁層基，古柏高槐蔭近墀。瘦馬來銜庭下草，乳鴉争奪樹頭枝。邊城訟牒投何簡，公府郵書報不遲。飽食頻年無補報，春風消得鬢成絲。

其二

春來早起散晨衙，宴坐高堂又日斜。土燕銜簷時墜草，山禽引子自穿花。雕鐫文字慚儒術，校理刑名重法家。猶有餘程消退食，東園隙地課鋤瓜。

出麗正門

雙塘南城莽蒼中，斷垣荒草路西東。萬條柳暗鵝毛雨，千丈塵高羊角風。鐵鍵重門車碌碌，金鈴草帶馬瓏瓏。邊烽不動居人少，散漫牛羊落日紅。

北齋晚涼即事

高閣微風不動簾，晚雲時送雨纖纖。烏求墜子窺深草，燕接飛蟲拂近簷。碧盌行茶冰共進，青盤盛菓酒頻添。祇慚素食承優渥，已分清心破酷炎。

晨起憶陪禁城早朝

禁城五鼓點聲催，曾趁初朝列序倍。宸極中間銀燭動，午門西上鑰魚開。近臣奏事趨丹陛，内史傳宣出紫臺。此日燕城更千里，長瞻雲氣隔蓬萊。

庭下

庭下無塵浄緑莎，朱簾疏蕩晚陰過。雨鳴楊葉聽逾近，風落槐花掃更多。古鼎香分雲窈窕，碧盤冰進玉嵯峨。邊城秋早文書静，喜報兵屯足黍禾。

書事

秋入層臺引興微，溶溶霽景動清輝。烟銷碧樹黄鸝度，日上丹甍紫鴿飛。地遠極知王事簡，晝閑更喜吏人稀。祇憐關塞寒威早，九月飛霜上綉衣。

秋日過宛平縣學坐射亭觀梅子荷花

舊日曾聞都水監，明時已屬泮宫祠。水通窊地生荷葉，門倚回堤出柳枝。橋外行人看習射，座隅童子解歌詩。晚涼雲錦偏留客，不記歸來馬上遲。

送贊禮郎黄囦静監北平秋祀畢還京

聖王秩祀周寰宇，使者承宣莅北平。監禮登壇嚴夙戒，守臣將事報秋成。中天雨露三時順，北極星辰五夜清。自是皇心昭感格，從容入奏頌佳聲。

有懷王太守子啓時爲崇慶府往時子啓自廣西赴京與予相見未幾予赴官北平嘗約敍别以病阻未至

二月金陵相見時，小東門外柳絲絲。登樓尚想題詩處，對酒空懷送别期。官市馬嘶紅日上，宫門鶯囀緑陰移。遥憐風雨龍江路，一棹烟波獨去遲。

其二

二十年來南浦客，八千里外錦城仙。水邊送別秋風早，馬上懷人夜月圓。載酒渡江憐往日，聽猿出峽定何年？只今飄泊桑乾曲，西望酣歌一惘然。

其三

龍灣橋上秋初月，珠浦亭前日暮雲。把酒曾從終夕醉，寄書定約幾時聞。烏臺節帶冰霜操，鼇國詩成錦綉文。謾憶青春曾作伴，誰憐白髮更離羣。

其四

曠子南園清夜遊，憶曾放棹過中洲。花間吹笛啼青鳳，竹底燒燈走翠虬。一月醉來渾不醒，十年老去謾多憂。庭前想見青青樹，依舊梅花滿上頭。

八月二十五日夜偶閲地圖至西川崇慶州因憶子啓王太守感賦一首〔一〕

我有故人在崇慶，忽看圖誌憶當年。北來已近三秋别，西上寧回萬里船。峽口猿啼山月上，關頭鴈度野烟懸。如今縱有千鍾酒，談笑何因醉此筵。

【校勘記】

〔一〕「崇慶州」，原作「重慶州」，據四庫本及詩句「我有故人在崇慶」改。按，王子啓曾任崇慶知州。

不寐有懷故里南澗舊遊

東槐西楊烏亂鳴，初昏嘈雜到深更。羈懷自是愁無着，清夢何曾睡得成。戍壘月高千杵急，紙窗風定一燈明。却思武姥峰前夜，卧聽簫郎夏笛聲。

聞伯中兄家居日課兒子平原讀書小女信女紅之暇亦時時弄筆學字偶因家問中見近寫二紙喜而賦詩寄伯中長公當發一笑耳

苦憶經年别二雛，喜從片楮見揮濡。詩書幸不遭塗抹，文字何妨效搨摸。通子詎憐彭澤老，伏君未覺濟南孤。他年萬一傳新樣，莫忘臨池是大蘇。

十月十三日夜於故帙中獲再覩大兄伯中去年六月所寄京字韻七言律詩爲之感愴不已因録而追和之以見友于之意

憶昔辭兄謁上京，喜逢四海豁清平。生成自是君恩重，温飽由來世慮輕。千里浮萍成浪跡，百年常棣見深情。傷心寒食仙槎路，清淚何因到祖塋。

附伯中詩

鶯花三月上南京，五月還司到北平。憂患半生雙鬢改，舟車萬里一身輕。家書遠寄憐兒小，旅邸相看見弟情。何日乘驄歸故里，共傾芳酒酹先塋。

北平一冬無雪風沙特甚雖土曠人稀而車運不絶良可嘆也

邊城日莫苦風沙，共説殘年氣候差。水暖已聞冰解凍，地枯不見雪飛花。去年來馬餘千里，吠犬鳴雞有幾家。東望春回應不遠，可能膏澤遍荒遐。

題涂伯貞静深堂在南昌府

聞子築堂依翠岑，幽耽長是寄登臨。一塵不動夜方寂，萬卉無言春自深。隱几看雲生晚興，寫書滴露見鄉心。故園亦在章江上，載酒何時許共尋？

海子橋午憩

海子橋西是泮宫，尋幽偶此憩青驄。一春實少催花雨，二月偏多擺柳風。瓊島晴薰烟溆合，金河涷釋水雲空。沙邊小艇無人繫，愁絶滄浪舊釣翁。

送黄叔勉自天台來北平收其先尊理問君行李却歸天台

遺書收拾望南歸，風木應悲與願違。仙客五城霞作珮，家人萬里雪爲衣。日高堠館葵花發，雨過官河柳絮飛。此去承宗端賴爾，金華雲石有光輝。

故元侍講學士邵庵虞公嘗作送趙子章還新安敍論述考亭夫子所以爲學之方甚悉於篇終復系以詩意甚惓惓焉吾友壽陽繼道吕君獨好而録之以日誦而自省其必有得於斯言者矣因追和一首以屬其後亦將以交勉而更勵也

問君何事好斯吟，好語應知契悟深。大道行車應異轍，昔人求友本同心。道園雲變秋先落，嶽府天高月共臨。往事蹉跎成永嘅，無因載酒過山陰。

送徐僉憲子姪得全暫還三衢

趨庭早識仲容賢，即便令人重黯然。歸路偶逢殘暑後，到家應及未霜前。寒沙蓬藋迷征騎，秋浦芙蓉壓去船。來往燕吳真萬里，重來爲我説華川。

夜宿南城彰義門遞鋪承曾元鼎攜酒敍别

城南下馬已斜陽，投宿郵亭古道傍。野淀有霜風正急，土床無火夜偏長。旅程此夕違公館，歸夢何時達故鄉？不盡故人攜别意，雞鳴又報趣晨裝。

過河間府遇高陽鎦思道乃吾鄉先生元友嚴公之高弟自云舊藏公遺文若山水記等作類多遭亂散佚不存而山水記存者又以遠而不得見慨念今夕爲之惘然明日賦此爲别

高陽白髮老鎦郎，舊是嚴門弟子行。文字尚傳山水記，珮衿猶襲蕙蘭芳。玉河墳古山藏霧，瀛海樓高月照霜。不盡殊方懷古意，因君惆悵憶江鄉。玉河鄉在宛平縣，乃公之葬處。瀛海，河間城樓名也。

早出獻州南門望京都有懷

星漢微茫欲曙天，郊原寂歷帶平川。斷槎初擁沙河淩，枯樹猶含野燒烟。健犢慣行馴應鐸，蹇驢初試怯横鞭。登高南望神京遠，彷彿紅雲是日邊。

夜宿

下馬郵亭已夕陽，倦行偏訝去程長。雪侵官道埋僵柳，火入荒園燒宿桑。棗子酒香愁易醉，豆兒飯滑愜初嘗。藜床葦席風如水，清夢何因達故鄉？

寄東阜城張知縣宗遠

阜城小縣荒且幽，居人稀少棘林稠。縣公時向草間坐，野雉日來庭下遊。椹子夏收供飯裹，棗湯寒煮當茶甌。憐君宦況清如水，安得哦詩盡日留。

將至東阿喜望隔河穀城諸山

一望川原蒼莽間，天低風定凍雲閑。河經南堰還歸海，路出東阿始見山。野雪漸消沙隱隱，燒烟初散草班班。遥憐黄石遺祠在，千古高名不可攀。

至東阿已遷穀城舊縣水潦之餘民物蕭條可感

日落高原起莫塵，風回殘燒入荒榛。榆林古道餘雙堠，草屋人家少四鄰。野棗有秋惟釀酒，園桑無主半爲薪。遥憐頻歲罹河患，往事空餘舊俗淳。

詠河中流澌

臈月流澌過大河，須臾平湧白嵯峨。水宫戰合鳴金鐵，洞府朝回散珮珂。貝蛤吐珠騰夜月，蛟鼉委甲送春波。化機流轉知無極，喜報青陽轉太和。

北風

北風三日寒凛然，又吹河水作瓊田。漁人欲下九囊網，賈客愁膠萬斛船。霜鴻獨宿時驚夜，野鴨羣飛欲上天。聞説楚城春意早，菊溝雲暖酒如泉。

舟中對雪近邳州十餘里而不到

維舟擁被且停棲，風雪縱横勢欲迷。望遠亭亭餘杞柳，積深漸漸没蒿藜。波間白鳥悠揚去，沙上烏鴉自在啼。南下邳州惟十里，瓶中安得酒同攜。

邳州舟中對雪有懷故園梅花

邳州城下雪霏霏，春入無端暖尚微。映日忽疏還復密，隨風欲墮却仍飛。沙頭漁艇寒收網，岸上人家晝掩扉。憶得故園梅盡發，殘年猶恐未能歸。

小年夜對酒憶吕徐二僉憲

陌頭飛雪浥輕塵，江上寒雲限去津。對酒遠懷同舍客，維舟猶作異鄉人。誰家村鼓驅儺鬼，何處香餳事竈神？明日東風京國道，滿頭華髮爲誰新？

維舟

宦情羈思共蹉跎，十日維舟古岸阿。弱纜引繩牽雪重，輕篷張羽挾風多。天寒鴻鴈猶遵渚，村近牛羊自飲河。最是五更愁不寐，天門趨覲正鳴珂。

舟出龍江奉次廖教授同舟述懷之作

承恩解組下蓬萊，萬里歸舟拂曙開。東日高銜潮水上，北風平渡海門來。鄉情濃似官壺酒，心事寒於野燒灰。歸到西溪尋舊隱，追隨還許日遲回。

送王巡檢宗道還卓口

都府青春白面郎，邊城快馬紫遊韁。五年乘障山無盜，千里通津水有航。野驛曉晴芳樹合，石潭春雨落花香。祇憐江上相逢晚，不盡東風酒滿觴。

和胡思孔見贄韻

曾陪冠冕上三台，金水橋東日往來。露濕柳梢隨直上，日高花底散朝回。當時桂苑青霞佩，此日茆簷濁酒杯。感子未能同寂寞，莫辭高咏寄蒿萊。

廿三日過石頭江下訪表兄蕭則善因賦一首〔一〕

石頭岡下水潺潺，隨母歸寧憶往還。少日嬉遊今白髮，暮年悵望舊青山。碧桃溪洞春雲裏，修竹園林夕照間。老我驅馳慚宅相，多君深隱静柴關。

【校勘記】

〔一〕「石頭江」，萬曆詩選本作「石頭岡」。

爲南山張道士題黄石圖

方壺道人畫黄石，曾過東阿親見之。奇花夜發星火迸，神穴夏通雷雨垂。玉芝下茁紫雲蓋，琪樹上列黄金枝。近聞縣徙穀城北，好去驂鸞陳薦祠。

夏月游殊山寺登圓通閣和子彦弟開字韻

翠堵嵬峨寶閣開，碧蓮平湧紫金臺。散花天女雲間下，飛錫真僧海上來。霧捲長塘天一鏡，雨浮西嶂翠千堆。白頭幸逐閒居樂，猶擬栖禪日往回。

夏月游横岡憩於盤古石壇賦柬袁從善康子建

盤古壇前萬木陰，松花滿地晝沉沉。石床苔蘚侵書潤，古屋藤蘿隱幔深。出洞看雲思解珮，臨流待月聽鳴琴。紅塵十里慚來往，亦擬移家近竹林。

訪易復初雍塘新居

幽人卜築向林丘，新闢園池引澗流。屋頭栽竹連兩疃，門外種苗方十疇。雲深犬吠風葉落，日晏雞鳴烟火收。架上有書尊有酒，不辭終歲此淹留。

題醫士劉允文松老詩

富川老人年六十，采藥雲中曾見之。竹房早著桐君傳，杏苑新傳松老詩。錦水寒花照心膽，湘山秀色映鬚眉。茯苓會化赤琥珀，更後千年當遠期。

和陳敬則寄贈二首

還家初製女蘿衣，入里偏傷故舊稀。野鶴下迎行藥逕，沙鷗飛讓釣魚磯。烟塵十載青山在，江海何人白髮歸？昨夜珠林林下坐，依然月色滿荆扉。

其二

憐君壯歲好容顔，肥遯高情不可班。放棹有時歌緑水，持杯長日對青山。芙蓉亭館秋風早，楊柳池塘夜月閒。吟取新詩三百首，遺音猶許繼重删。

七月七日東原席上喜賦示子彦弟

經年江郡横經去，投檄歸來又早秋。老去不煩文乞巧，豪來直倚酒忘憂。故家譜牒懷三傑，並世衣冠愧二劉。珍重手中蒼玉杖，白頭林下儘嬉遊。

其二

同年投老向柴荆，此日持杯百感生。末路更誰憐季子？平居只自愧難兄。青蘿夜雨書連屋，紫稻秋風酒滿罌。早晚定移湖上宅，剩栽松竹報生成〔一〕。

【校勘記】

〔一〕「栽」，原作「裁」，據萬曆橘徠軒重梓本、四庫本改。

過楮源訪羅雲從同舍弟子彦各賦一首

楮源風景似桃源，水遶田園山繞門。高樹秋風松落子，碧苔春雨竹生孫。清烟影覆垂蘿屋，白酒香浮老瓦盆。落日荒原歸路晚，欲尋幽興已忘言。

八月十五日夜宴南溪蕭氏追憶舊遊有懷自成庚兄時以事留滁陽未回〔一〕

毛家塘上看明月〔二〕，猶記風光十載前。長笛夜從山上起，明河曉向座間懸。重來踪跡傷槎梗，老去情懷怕酒船。却憶故人京國去，憑高何處望嬋娟？

【校勘記】

〔一〕「庚」，四庫本作「唐」。

〔二〕「毛」，四庫本作「蕭」。

秋日過汶溪義塾承蕭國録有詩謹用奉答

汶溪新製小茅堂，也種山楸間水楊。舍近雞豚還共食，春來魚鳥自相忘。松陰客去書連屋，花底鶯啼酒滿床。却憶東華聯轡出，午門霜月漏聲長。

隱雲詩

高人家住青山下，愛入浮雲事隱居。窈窕深迷三逕曲，玲瓏低護八窗虚。似聞雞犬鳴天上，遥見蓬壺入海隅。相望博溪同萬里，何由踪跡問樵漁？

雲東杏塢

何年種杏今成塢，知是雲深舊隱家。朝雨洗空千樹雪，暖風吹起萬枝霞。壁間瓢貯通神藥，窗下爐存伏火砂。北望清江三百里，從君安得問靈槎。

過雙溪訪敬則不遇

溪亭長共賞芙蓉〔一〕，十載重尋恨不逢。落日斷橋餘野水，高原古路帶寒松。麥光舊畫遊絲細，柿葉新題墜露濃。喜有諸郎能好客，囊萸尊酒更從容。

【校勘記】

〔一〕「長」，萬曆詩選本作「曾」，四庫本作「嘗」。

明日喜雲從隱君自湴坑歸再賦一首

南岸諸峰如纍瓜，高人幽隱在烟霞。百年古桂寒無葉，十月叢梅早有花。斷壠牛羊分客路，深池鳧鴨共鄰家。極知好客情逾厚，貰酒攜琴到日斜。

吉水曾士與訪予南富山中却歸梅岡賦此贈别

曾君奇氣欻翩翩，袖有新詩數百篇。遠訪不辭千嶂裏，相知已在十年前。楓林赤葉秋風落，茅屋青燈夜雨懸。好去梅岡應暫住，重來風雪定殘年。

入兩小口將過東坑〔一〕

羣峰雜遝共趨奔，兩水縈迴相吐吞。樹根盡迸石上走，山脚直下溪中蹲。青烟僧舍高低屋，黄葉人家遠近村。聞有桃花壠上路，仙游何必問秦源。

【校勘記】

〔一〕「小」，萬曆詩選本作「水」。

入東坑

東坑石路入雲堆，東岸人家倚岸隈。半沼紫萍風乍過，一林黄葉雨初來。澗寒野鳥還争聚，山暖巖花只自開。却望松楸生暮色，重來悵望使心哀。

寄答王希顔

承恩萬里賦歸田，秋入華顛已颯然。天上看花成昨夢，江頭種樹記新年。鼠侵敗篋殘書在，蚫伏虚房一劍懸。夜雨青燈茅屋底，可能相對共談玄？

其二

聞君抱藝困沉綿，猶有高情似昔年。綉句錦箋分野客，朱顔白髮照神仙。松陰漫想傳冰碗，花底何因泛酒船？早晚看雲出江口，定隨藥裹到林泉。

同蕭九川游菰塘龍城院賦贈象初上人

天入龍城湧地靈，横岡複嶺似圍屏。村原過雨春泥紫，山崦含烟野燒青。火裹蓮花敷寶座，雲中楊樹注青瓶〔一〕。何時煮茗長松下，聽講楞伽一卷經。

【校勘記】

〔一〕「樹」，萬曆詩選本作「柳」。

題故人郭隱君篠坑故居因吊新墳有作

風塵澒洞失斯人，舊宅淒涼問水濱〔一〕。巖畔好山鶯擇木，池南古柳燕争春。書傳未信中郎絶，金散寧辭郭解貧。寂寂孤墳三尺草，蕭蕭落日一沾巾。

【校勘記】

〔一〕「問」，萬曆詩選本作「間」。

題石塘舊隱

高霄巖近石塘清，亂定歸來喜稱情。架石起樓成别業，引泉注圃看新畊。魚諳舊沼吹花過，鹿愛深林遶樹行。釀取松花千斛酒，抱琴來此就同傾。

和靈隱蒲庵長寄二律

駐錫龍河近冶亭，一池蒲草座中清。真僧渡海求書偈，朝客圜門聽講經。即物悟空心自寂，隨緣出定眼長青。法臺曾證人天會，幾緔袈裟覲紫庭。

其二

華髮飄蕭六十年，閒居魚鳥亦仙仙。開園未種千頭橘，入洞初尋九眼泉。幸可自酬沽酒價，喜無人送買山錢。何時乘月過靈隱，同泛秋風鑑曲船？

寄天寧雪印文上人

去年抱病過清江，風雨蕭蕭卧短艭。帆影近移金鳳渚，鍾聲遥應石龍瀧。極知禪悟超諸境，況是詩名重一邦。投老荒山未能往，題詩憑寄白雲窗。

雨夕東鵬舉

入春已過五十日，晴景都無三四朝。雲去雲來山杳杳，花開花落雨蕭蕭。青絲送酒銀瓶暗，彩筆題詩絳蠟消。東嶺幾時明月上，曲闌芳樹聽吹簫〔一〕。

【校勘記】

〔一〕「簫」，原作「蕭」，據萬曆詩選本、四庫本改。

奉和長舅蕭聘君紹宗館中見寄之作

白泉亭下水瀰瀰，長日看雲坐不移。顏采肯緣春酒變，鬢毛不逐野蓬衰。商山芝草長歌日，魯國蒲輪獨召時。愧我未能操几杖，纏綿徒重昔人思。

南溪館中和答湯生元哲

江上攜書猶昨日，山中對酒又今年。春來花鳥傷新詠，老去魚蟲憶舊箋。珠浦舟回明月夜，金華劍倚白雲天。登臨不盡懷賢意，指點飛鴻若個邊？

和蕭子所同游韻

石上荆茅坐可班，也知仙境勝人寰。風開橡栗寒初落，月款柴扉夜不關。老去漸驚容鬢變，秋來長愛水雲閑。憑君緩飲西華酒，不放聯歌踏月還。

晚下北巖過臨溪和蕭國録子所韻

清秋遊徧武山巖，古寺橋西晚駐驂。風引泉聲絃奏五，雲摩石角劍攢三。自慚報玖空投李，誰與盈襜更采藍？解帶醉眠林下石，看人香火事瞿曇。

謾題子彦弟孟浪集詩稿

仲也才高更苦心，可堪孟浪劇雄沉。滄溟光采浮天闊，泰華根株拔地深。直道河汾徒自屈，窮居東野竟悲吟。只今放意雲林下，對飲從教雪滿簪。

聞子啓太守自歷下書報來春還家又新有鳳雛之喜感念舊好爲欣躍不寐輒賦二首先寄難兄竹庭徵君宜載酒一慶也

故人舊别向西川，移謫淮山苜蓿田。容易繁稀花着雨，尋常員缺月當天。四章詩憶京城送，八月書聞歷下傳。爲報難兄竹園裏，好催春釀候歸船。

其二

北平西蜀路綿綿，驚夢愁心各黯然。見日清尊須共倒，暮春華髮總堪憐。寒雲三峽啼猿外，秋雨重湖落鴈邊。聞有鳳雛新綉羽，可無高會送犀錢。

題萬安劉丞望雲軒

層軒新搆倚江城，不盡升高望遠情。雲氣遠從天外起，綉衣如在日邊行。冰消汴瀆持雙鯉，花發維揚聽早鶯。莫嘆宦遊疏定省，平反萬一繼家聲。

奉和本原教授臈月二十九日過白家橋訪彦弟之作

舍弟卜居三里遥，平田亘畒水通橋。草間微雨沾行屐，枝上長風吹掛瓢。飲興一時空瀣渤，文光五夜燭雲霄。屠蘇此會誰先醉？還祝高年繼子喬。

公文偰尚書由參政山西入拜禮部而予以侍郎起於家同日拜命赴南宮今承恩致仕又適同日公文有别業在溧陽予將南還泰和於别也不能以無詞焉因賦二律詩爲贈

早春竝命拜南宮，日日承宣在掖東。奏對總稱人似玉，追趨偏感鬢如翁。考文虎觀瑶編合，賜饌龍庭綺席同。共沐恩波向三月，敢將衰朽附羣公？

其二

誥書飛下九重天，同日承恩拜御前。禮樂遠稽周六典，聲華肯讓漢諸賢？錦袍潤浥宫花露，驄馬驕嘶御柳烟。莫訝同歸不同路，誓堅晚節報堯年。

送箭局大使王仲良還南昌

清曉承恩出帝京，翩翩綵服照新晴。十年干禄雙親健，千里還家一棹輕。夾道風花連晚驛，滿城烟柳帶春鶯。蹇予亦有歸田興，去住偏傷戀闕情。

五月十五日早赴奉天殿右角門謝恩明日出通濟門登舟感賦一首

同捧天書拜紫宸，獨驅羸馬出京門。十年濫禄慚儒術，六袠歸田荷主恩。夾道鶯啼千騎合，連城虎踞萬營屯。白頭此去憐疏遠，翹望蓬萊海色暾。

大赦後一日出京城聞崇慶王太守子啓自和州屯所攜其佳兒南歸喜而有作

故人舊謫和陽戍，五月初聞罷種田。誰使南山歌石爛？天教合浦得珠還。榮華過眼青雲後，事業傷心白髮前。我亦南歸尋舊約，正須美酒送流年。

過風火磯

風火磯頭波浪深，馬當峽裏雨雲陰。轉輪估客無南北，争戰英雄自古今。水漱蘆根侵岸脚，石懸藤蔓到潭心。一時登覽餘風景，静倚蓬窗酒滿斟。

過湖口縣

佛子磯頭遡客舲，南湖高柳寄沙汀。水分彭蠡溶溶緑，山送匡廬冉冉青。雨過人家收鴨早，日高網户晒魚腥。故園此去猶千里，安得乘風破杳冥。

投老歸田承敬則陳兄有詩見寄依韻奉答

京闕辭榮慨暮年，解纓歸濯武山泉。倦鴻斂翼青霄上，啼鳥傷心白髮邊。擬注丹經尋故檢，欲參道帙校真詮。看花載酒雙溪曲，可得重來獨惘然。

其二

莫怪經年相見稀，閒心已逐野雲歸。花間舊釀荼蘼酒，松下新裁薜荔衣。山樹曉晴黄鳥並，野塘春漲白魚肥。憐君坐病吟成癖，天上何人識少微？

毛生從龍陪予由藍陵入小莊歸賦此爲貺

一月尋山秋興濃，毛生杖屨喜相逢。入溪暫醉藍陂酒，度嶺初聞薦福鐘。連筏載雲穿櫸柳，斷橋橫雨出芙蓉。最憐林下茅堂好，晏歲攜書慎所從。

題丘生種杏圖

西山蒼翠接匡廬，誰畫丘君種杏圖？日上高林花散錦，雨微深樹子垂珠。山中自註遊仙録，林下長懸賣藥壺。老我何由一相見，定騎青鹿問屠蘇。

柬劉方東

秋落雲亭水滿河，故人池館許重過。入門未覺青山少，對酒偏傷白髮多。桂樹藏烟依古岸，芙蓉含雨媚新波。白沙翠竹當時路，明月隨人奈醉何。

和答陳孔郁

早歲儒林識姓名，重逢今見好詩成。才情自擬唐諸子，禮樂還徵魯兩生。老去獨驚華髮在，愁來偏愛晚山晴。柳溪春水多鷗鷺，爲報南歸願結盟。

題泰和縣丞陳舉善所畫山水圖

少日東南事壯遊，憑高吊古思悠悠。山中樓觀神仙府，江上雲霞帝子洲。別塢松風琴入奏，平湖花雨棹聞謳。只今投跡山房裏，坐看新圖嘆白頭。

冬日同鍾舉善諸友登蕭氏一經樓留飲醉歸承子所國録有詩依韻奉答

書樓新築與山齊，冬日登臨感聚奎。蜂户怯寒封凍蜜，燕巢驚雨落春泥。一經已見當家授，萬卷終期列笈栖。朋好莫辭頻載酒，梅花正在汶溪西。

冬日過延壽寺訪玉壺上人賦柬同遊諸君子

看山隨客過楓橋，下馬尋僧問柳條。古殿碧苔春寂寂，紺園紅樹晚蕭蕭。能詩茅屋應堪賦，入社東林倘見招。却憶舊遊曾載酒，知心涼月坐吹簫。

題胡耽橋

雲壓波沉影獨摇，胡耽河上看新橋。鵲毛隱約填星漢，鼉骨參差駕海潮。二水合流冰漸釋，四山環立霧全消。十年京國懷疏放，猶得行歌逐野樵。

由紫岡坪過西岡劉氏山居憶往年同廬陵王如川避地於此今十六年矣撫念存没愴然興懷

入山西度紫岡坪，荒草含烟一望平。雲拂鵲巢村疃近，雪消魚窖野泉清。故人舊别嗟存没，野老相逢識姓名。歲晏重來還白髮，十年江海最關情。

臘月廿三夜會西岡劉氏書房以傳奉邀竹庭徵君子所國録俱以事不果至因寫此述懷録示以傳并柬同賦者

霜飛平野月光微，銀燭高臺爛有輝。盤送璚芝冰線滑，杯行琥珀酒波肥。早春已覺隨年至，佳客偏傷與願違。明日醉醒岡上路，梅花須插滿頭歸。

冬日登高遠樓爲朱子瞻賦

閒來着處尋山水，下馬還登高遠樓。西澗水聲千丈落，南峰雲氣一尖浮。斜陽町曈牛羊晚，細雨陂塘鳧鴈秋。不是梅花催晏歲，爲君十日更淹留。

槎翁詩卷之七

七言排律

題蕭静安所藏歸隱圖

高人歸隱定何年？一望青山興杳然。桂樹高巖晴雪裏，桃花流水白雲邊。橋通絶岸茆堂近，路轉深林草市連。巢父持竿還入海，留侯辟穀早歸仙。偏思騎鶴捫星斗，亦擬呼龍種石田。此境未知何處有，畫圖千古意空傳。

春日蕭氏静安堂同諸客賞蘭賦長律一首

根移澧浦植盆沙，好在蘭陵隱士家。翠穎齊抽千萬葉，玉芽初試兩三花。丹房林間解珮傷曉浥金莖露，紫暈春寒石洞霞。幽操能忘尼父嘆，哀歌敢動楚人誇。賫菉，江上停舟感揭車。幸過高堂春酒熟，與君爛醉答年華。

雨中道出薌城將訪新安希顔王徵君不果有作奉寄

五老山人白錦袍，十年不出卧江皋。春前早喜傳佳句，座上何因倒濁醪？落魄由來知傳癖，憑淩猶自想詩豪。杜陵抱病寧耽飲，庾信還鄉且賦騷。欲叩柴門看野竹，直愁寒雨亂庭蒿。江通值夏波瀾闊，山入薌城紫翠高。作客共憐雙鬢改，懷人謾使寸心勞。憑誰寄語溪南樹，準擬秋來繫小舠。

峽山寺

清遠縣東三峽長，峽山好在峽山央。寺門臨水疊崖石，殿角挂山欹棟梁。幽澗鳥啼如解語，陰崖花發不知霜。將軍自昔開蠻洞，庶子何年去帝鄉？門掩野祠烟寂寂，船通官驛水茫茫。偶便禪悦堪娱性，不信猿聲解斷腸。

奉題王氏勤有書堂十四韻

朱雀橋邊燕子飛，故家文物重京畿。華堂高敞青霄近，此老風流白髮稀。門引秦淮春水緑，窗含勾曲晚烟微。席間上客千金劍，庭下佳兒五綵衣。坐擁詞林分旖旎，行緣藝圃襲芳菲。書聯緗帙文韜錦，軸散牙籤字刻緋。閬苑花明千琬琰，海門月照萬珠璣。芸房剔蠹風初定，草閣囊螢露未晞。一息故應存夜氣，分陰還自惜春暉。琢磨擬並荆人璞，累積何慚樂婦機。舒卷長懷吾道在，研鑽莫遣壯心違。極知力穡功相近，轉覺嬉遊事總非。學習可忘飛振振，趨程好在策騑騑。公侯必復非難事，賢聖由來此共歸。

長律十四韻送彭公權教授還永新

六千里外燕山客，白髮還鄉遂苦心。楊柳堠邊風一葉，胡桃園裏雪千林。路經齊楚冰猶壯，春到湖山暖漸深。龍廟讀碑山窈窈，神岡分棹水沉沉。行尋梅洞躋危石，笑指荷峰數近岑。弟妹入門驚老色，鄰兒候馬識鄉音。新城桃李從頭看，故塚松楸逐處尋。竹底掃雲安坐榻，花間載酒濯塵襟。糝鹽芋粽朝供飣，下豉蓴羹早溉鬻。定解狐裘披白苧，更從雞黍飯黄金。山遊曳杖應行樂，鄉飲當筵亦醉吟。此日衣冠還舊俗，他年圖畫記斯今。茶園江館曾題句，松室山房昔挂琴。我亦十年離舊隱，煩君一一訪登臨。

贈汝南韋布

汝南韋布不易得，閉户讀書無所爲。掉頭不入將軍府，開口解賦騷人詞。常思隱去有鹿伴，只愛步行無馬騎。石室烟青時煉藥，山源水黑晝臨池。才華自信古難匹，姓字不傳人少知。聞説崆峒山石上，時時乘月自題詩。

書懷廿四韻奉柬范實夫李子翀

楚也飄零客江縣，足蠒重胼髮垂面。妻孥隔越異憂戚，朋好過從足談讌。清真豫章范文學，爽邁筠陽李司掾。跬步翻愁兩地分，一日何嫌十迴見。刻燭題詩促漏籌，操弦度曲迴歌扇。暖釀浮膏露溢罌，寒藤洒墨雲栖硯。有時斫地思拔劍，無復臨邊事傳箭。征途瀟洒送日月，裋褐凄涼雜霜霰。微辭往往想慰藉，弱質區區獨貧賤。季子還從鬼谷遊，賈生未遇吴公薦。坐憐人事祗落葉，行恐年華劇飛電。

家寄龍州紫菊鮮，田荒珠浦青糧遍。異郡仍淹伯氏書，高堂未覩家君饍。往歲深憐饑饉餘，此日何堪疫災荐。歷亂床帷夜雨螢，蕭條梁屋秋風燕。何人鼎俎飫禄食？於我簞瓢寡呑嚥〔一〕。天地悠悠白日愁，山川歷歷浮雲變。由來氣概重許與，胡乃暌離及攀餞。李也行聽花縣琴，范今歸掃松岡奠。已嗟垂槖少傾倒，直恐窮年失才彥。雲海驚心未得隨，泥塗回首何由援。干將有神思一試，璞玉無瑕羞自衒。百年出處在遠期，一作歌行寫深眷。

【校勘記】

〔一〕「呑嚥」，原作「呑讌」，據蕭編本、萬曆詩選本、四庫本改。

題劉氏遂初堂

君家舊宅好林泉，亂定歸來值萬錢。燕子華堂猶故物，桃花流水自當年。共看簾捲清溪雨，尚想書藏古壁烟。氈復已聞羣盜愧，笏存今見遠孫賢。初心早向艱危遂，盛事應當久遠傳。忽憶善和三易主，柳家門地最堪憐。

五言絶句

古意

上馬拂春衣，金鞭獨自揮。蛾眉鏡中好，但恨不能飛。

其二

傳語通州估，南船甚日還。黄金知易得，留取鑄紅顔。

其三

夫婿泛淮船，閨門一步前。如何中夜夢，却在大江邊。

題胡思齊水禽墨戲四首〔一〕

春水蕩菰蒲，雙雙出翠鳧。那能遠相逐，不解自相呼。

其二

誰與傳符敕，游時水自開。江湖風浪惡，不見綉衣來。

其三

黄蘆風裊裊，相逐下晴磯。却憶秋江上，銜書來去飛。

其四

鼓吹傳朱鷺，鐃歌事已非。秋風荷葉底，憔悴白雲衣。

【校勘記】

〔一〕「胡思齋」，萬曆詩選本作「胡思齊」。

昭君詞

承詔辭金闕，銜悲入塞城。可憐沙上月，渾似漢宫明。

上北巖

涼風四山合，月上西崖早。古道斷歸樵，啼螿在秋草。

石磴

巖洞何人道〔一〕，仙凡此路分。不緣苔蘚滑，石磴自流雲。

【校勘記】

〔一〕「道」，蕭編本、萬曆詩選本作「到」。

憩白雲庵

解帶白雲中，來尋仙子宮。始知山頂上，容易得天風。

壇樹

門前古壇樹，樹老半無枝。里有百歲翁，不知栽樹時。

浮萍逐流水

浮萍逐流水，水去萍著泥。爾自失所依，出處安得齊。

松下垂釣圖

城市何年别，烟霞盡日閒。松潭明月上，把釣不知還。

題墨竹圖

曾過篔簹谷，青青萬玉奇。官中採箭盡，留得小横枝。

其二

寒色似瀟湘，娟娟翠篠長。林間疏雨過，石上紫苔香。

枯木竹石圖

誰種山中玉，空聞天上槎。只今塵似海，便擬竹爲家。

月落

月落山正昏，羣烏亂鳴起。客子中夜行，相呼渡烟水。

小松

手拂青松樹，新抽數寸條。殷勤將雨露，頭上是雲霄。

古意

昨日通州估，還家已十年。忽聞鹽價好，又買贛州船〔一〕。

【校勘記】

〔一〕「買」，原作「賀」，據萬曆橘徠軒重梓本改。四庫本作「駕」。

白頭並立圖

同宿復同飛，茸茸淺碧衣。白頭秋樹裏，相倚看斜暉。

題春江垂釣圖

坐把釣漁竿，虛潭翠如瀉。輕舟浮不動，只在松陰下。

題竹林觀奕圖

野處竹爲鄰，衣冠似漢秦。戰争渾未已，空老看棋人。

獨坐

饑雀聚簷楹，庭虛凍色明。松下無人跡，時聞墜雪聲。

四皓對奕圖

危坐看枰棋，天寒白髮稀。如何忘世者，獨自角危機。

殘雪

山中殘雪在，背日半稀微。却意長松下，閒雲不解飛。

寄弟子彦

好在雩陽縣，能忘五月歸。峽中有船便，莫遣報書稀。

懊恨曲

懊恨饒家軍，常年掠江北。誰遣渡江來？相呼打興國。

其二

誰知興國險，陣敗不容身。路從南鄉出，却劫南鄉人。

渡江

褰衣涉江水，相趁渡沙觜。沙水白茫茫，不知江路長。

富田築城歌二首

盡起東鄉人，築城富田去。官軍有老小，徙向城中住。

其二

朝爲山中墳，暮作城下窟。可憐築城夫，見石不見骨。

題延真陳煉師東庭四時詞

杖倚琅玕緑，杯澄琥珀紅。道人春睡熟，門掩落花風。

其二

香篆添新火，丹爐養舊灰。碧窗如水浄，坐看緑陰回。

其三

風吹山栗葉，夜落西園裏。手把南華經，閒來看秋水。

其四

道人神氣清，碧眼映緑髮。晨起折寒梅，和花嚥飛雪。

城下青草歌時饒府調湖南青草軍守太和日與南鄉有構隙之意

打攏漁家船，更鎖東門渡。只從城下泊，不放江南去。

其二

日日起帆檣，載酒送牛羊。贛兵明日下，相候打南鄉。

水南歌

團結雲亭口，駐兵太原洞。旌旗草間仆，莫遣風吹動。

其二

十年頻劫掠，北岸人最苦。賊來岸下殺，切莫渡江去。

其三

主將有號令，團兵守地方。休持一寸草，殺汝棄沙場。

子中兄子彦弟同遊石龍潭余後至失山路

水落仍穿石，峰迴屢隔溪。青山千萬疊，容易使人迷。

其二

相去忽已遠，不知山北南。衹隨流水入，盡處是龍潭。

子彦弟相尋至山左復同到潭上觀巖溜 有跋

青壁蒙寒萼，泉流一罅開。誰知潭水上，更自有源來。

其二

岸陰一泓水，中有神物宅。自送石龍歸，至今迎不得。

潭本猪猳龍化爲石，人求雨者，下潭中擕石以歸，則雨至矣。鄉人送龍于此潭，故云。

登西坑龍下高嶺歸里良和康志行韻

千步更萬步，步入白雲中。獨歸里良寺，還望紫瑶宫。

遯迹山中日有幽事因即澗沐雲卧草栖木食爲四題與子中兄子彦弟同賦以自釋

澗沐

澗沐愛深冷，晨光浄如練。日出髮未晞，白雲滿吾面。

雲卧

閒依青石磴，雲卧此林下。迴風忽吹散，攬之不盈把。

草栖

秋草深數尺，我栖在其間。英英鴻鵠志，乃與雉兔班。

木食

山木各抱實，我饑日方長。何曾勞種植，愧爾自甘香。

離人

離人如獮猴，争聚山谷裏。木葉不充衣，秋風夜中起。

其二

南上鵝公鼻，東尋豬子龍。時時望烽火，争取最高峰。

懊恨曲

朝爲江南親，暮與江南敵。江水本無情，人心自磯激。

其二

江上多舟楫，山中有路岐。那能不往來，終是兩相宜。

其三

猛虎初入城，城中盡奔走。近來人狎虎，割肉餧其口。

題歐陽仲元墨梅

記得南園路，垂垂一樹春。不知風雪裏，還有弄珠人。

晚望

山背村墟近，山頭逕路微。夕陽杉樹下，時見一人歸。

題竹石贈湯子敏

爲愛臨江竹，蕭蕭緑一叢。幾時石盤上，把釣聽秋風。

筍竹圖

聞説南園路，新來筍正肥。棘枝芟不去，欲往惜鈎衣。

雨竹圖

裊裊秋風思，微波起洞庭。西林喬木底，雨卧一枝青。

題幽篁古木蘭

月照蒼龍角，風生翡翠衣。何年滄海上，乘得斷槎歸？

其二

深林無人行，幽蘭方旎旎。采之欲遺誰？君子在萬里。

題蘭

奕奕朱英潤，娟娟翠葉長。虚堂秋夜永，解佩忽聞香。

其二

援琴不成彈，納佩可以服。江上思美人，盈盈秋水緑。

古意六首

臨街莫種棗，近水須種柳。柳長當爲薪，棗熟無人守。

其二

君家東門裏，妾住東門外。少小共知名，然終不相會。

其三

閑倚白玉床，低頭看深井。銅瓶且莫下，亂我晨妝影。

其四

數日潮頭小，南船信不通。夜來月有暈，今日定回風。

其五

駐馬挽金鞭，爲君彈四絃。洛陽官道直，莫過酒樓前。

其六

送客荷花浦，放船楊柳津。唱歌不歸去，愁殺渡頭人。

同舒伯源自雙溪口度橋登高山望幽谷諸峰賦八絶

濯足雙溪口，尋幽水竹村。淙淙斗門瀑，寒漱白雲根。

其二

坐石弄芳草，渡溪行翠微。西峰月未上，獨自看雲歸。

其三

鳥啼山澗幽，日入松林暝。路轉薜蘿深，相呼不相應。

其四

采得蘼蕪草，無花認不真。持之不忍棄，留問路傍人。

其五

團薄者誰子，捕魚溪水中。林深不見日，寒殺石楠風。

其六

南登龍山亭，北望幽谷風。雲氣不成雨，濛濛散高松。

其七

絶頂太古石，秋風生紫苔。尋雲山下客，終歲不曾來。

其八

引手捫石壁，俯身落林端。祇言上山易，不道下山難。

題墨蘭

露下衡皋晚，月明湘水流。美人青羽佩，零亂結春愁。

其二

泠泠月上風，泫泫花間露。碧草多於蘭，美人歎遲暮。

其三

杜若滿中洲，滄江日夜流。水深愁不渡，思殺木蘭舟。

其四

何日春風來，幽蘭緑如剪。細雨山氣涼，秋香入苔蘚。

感舊

去年看花處，不見有人行。蝴蝶猶飛去，滿園芳草生。

過山下見人有將稗子者

饑民痶如鵠，將稗野田裏。相視不能言，悲風草間起。

題鴛鴦

金殿鎖閑情，羅褚繡不成。何年芳草緑，相倚睡春晴？

戲題墨蘭

自有幽閑姿，本無出山志。誰使清風來，吹香落人世？

古意四首

山女不照鏡，愁來看深井。井底那得風，摇波亂人影。

其二

佳人擲青梅，戲打黄鶯雛。鶯雛忽驚起，花落滿平湖。

其三

閑隨玉蝴蝶，步出花前去。不知春草生，忘却南園路。

其四

朝看箔上蠶，暮絡車上絲。結束須成疋，纏綿自有時。

題雪枝伯勞

雪外高飛盡，寒枝足自容。如何風雪裏，燕子不相逢。

題瘦馬圖

玉塞三千里，天閑十二重。惟應霜骨出，識得是飛龍。

題墨竹五首

娟娟青竹枝，兀兀蒼石頂。翠袖倚深林，秋高露華泠。

其二

矯矯蒼龍影，幡幡翠鳳毛。月明秋浦上，寒色動虚濤。

其三

零亂黄金錯，參差碧玉筒。何似明月下，臨水聽秋風。

其四

爲愛江南竹，春深葉漸交。誰家三逕裏？殘雨出横梢。

其五

秋浦緑層波，月明愁奈何。移船湘女廟，曾聽竹枝歌。

柳寄生

秋來楊柳樹，葉落空池裏。上有寄生枝，青青寒不死。

題乘槎圖

漢使樓船出，三山隔海波。靈槎不識路，還解到天河。

豫章感事三首

夜月照南營，羣兒學弄兵。紙旗來似雪，争説打圍城。

其二

御史青驄馬，經年未得回。東華門外路，渾似鳳凰臺。

其三

湖面無多闊，淤填菜疃斜。年年春雨滿，湖水入人家。

題彈琴圖

拂石青山下，抱琴彈白雲。曲中有流水，塵世不曾聞。

百花洲

鳴榔百花洲，繫船楊柳樹。乳鴨湖上歸，浮沉不知數。

漉酒圖

脱巾以漉酒，酒熟何淋漓。感君光似月，照我鬢成絲。

問月圖

月色如金波，攬之欲盈手。如何不解飲，空遣星名酒。

月夜與曠逵夜坐

月上烏桕林，光射山茶葉。葉底白蛾飛，團團似蝴蝶。

題莫慶善翎毛戲墨三首

青鳥來何晚，垂楊春已深。琴中無限意，惆悵白頭吟。

其二

鸂鶒相依好，日暄沙草叢。晴川朝浴罷，刷羽愛微風。

其三

兩兩鶺鴒小，秋田啄粟肥。沙寒栖不定，驚起向南飛。

題莫慶善墨禽二首

野竹並蘭花，紅深石角斜。一雙山喜鵲，飛起向誰家？

其二

日出露未晞，垂楊青裊裊。啼殺白頭翁，春歸薊門曉。

上山

上山望大河，旗幟十餘里。不知何處村，但見青烟起。

其二

一步一逡巡，無言淚滿巾。不愁山有虎，只怕草間人。

其三

妻子各躋攀，潛身草樹間。猶嫌人語近，更欲問深山。

題竹石圖

海上琅玕石，山中翡翠毛。意含秋雨潤，思拂暮雲高。

題墨鷹二首

縱獵五原中，誰收燕雀功？飛來還一息，斂翮待秋風。

其二

豈是林栖者，軒然故不羣。眼光星一點，遥徹萬重雲。

遊金華二首

絶頂是金華，先居在巖口。地底大江流，低頭見南斗。

其二

紫殿何年起？亭亭一逕分。向來路傍石，喚作兩將軍。

夜半

野人種秋麻，赤日畏炎夏。夜半起呼牛，扶犂月明下。

題四時花木

杏花

春日炫高霞，宫園萬樹花。暮歸承宴罷，簪得一枝斜。

榴花

碧殿引薰風，幽幽萬緑叢。内家清暑宴，争看寶珠紅。

芙蓉

嬌艷不自持，西風夜中起。寒香逐墜露，下滴秋江水。

山茶

緑剪龍鱗片，紅翻鶴頂砂。誰家小庭院，雪裏見宫花。

和郭慶守秋日相憶

出門復入門，望君還憶君。可憐飛鳥盡，江上又斜曛。

其二

出門望樟洲〔一〕，遠近一秋色。但恨少相見，新來髮多白。

【校勘記】

〔一〕「樟洲」，四庫本作「漳洲」。

牧童

牧童驅牛行，水寒不敢涉。相呼楓林下，吹火燒山葉。

墨蒲萄

翠羽幡幡薄，驪珠裊裊垂。一枝風露冷，初出漢宫時。

雨過

獨對一燭坐，看書猶未眠。不知疏雨過，星月滿涼天。

題墨竹二首贈陳子仁

問訊山中竹，新來長幾叢。一枝初入手，如對滿林風。

其二

爲愛溪南竹，春深長鳳毛。終然秉高節，容易出蓬蒿。

道中偶見

野逕行人絶，陂田流水多。誰家小凫鴈，争浴雨中波。

其二

茅葦白蓬蓬，行人西復東。一雙青鸛鶴，飛起野田中。

詠鳥毛

野鳥雲山去，庭陰有墜毛。東風吹盡力，欲起不能高。

古意五首

一樹小桃花，生來覆山井。開盡不知春，可憐鏡中影。

其二

手圈楊柳枝，出門送君去。柔腸暗相結，宛轉無盡處。

其三

銀椀蘭膏滿，分燈炷兩潯。終然共光彩，莫認不同心。

其四

解我黄金錯，酬君白玉鈎。未明曲中意，祇賣一生愁。

其五

春蠶吐素絲，作繭來十日。一意向纏綿，早晚得成匹。

别王子讓

相送寒潭上，船開更相望。人語隔江遥，微風自鳴浪。

其二

臨水望梅崦，却指敖城路。路直本如弦，江行自回互。

江上

江上青楓樹，秋來葉漸稀。如何渡江上，飄蕩不能歸。

古意

懊恨春別時，花開滿大堤。出門消息斷，那聽紫騮嘶。

武山十四境 有序

昔宋紹興中，鄉先生劉敏求嘗賦西昌八境，各爲七言長句，辭極雄麗，若武山，其一也。序謂太和古白下邑，山青水秀，皆神仙窟宅，信矣。惜後來無有繼之者。予曩自庚子歲始與南溪蕭翀、鍾端及端之弟祥往遊其間，嘗爲文記之，而意有未極也。乃洪武十一年，余罷官歸自北平，明年，仍客蕭氏，且忻然有重遊之意。而往時同遊者，獨端之弟祥與翀在，而翀方往省其叔父於滁陽，而端之殁已久矣。時王徵君子與、蕭國録子所俱客禾溪，二君皆好古而能賦，又嘗遊於是山者。乃七月十三日，戒翀之弟翬前期邀二君以次日來會，至於翬之諸兄䶂、𥈞、𦔳與祥，各撰杖屨，具酒肴與俱，而戒劉繼與兒子桷，載筆墨以從。自己酉至辛亥三日，相與極遊覽賦咏之樂，然後歸。徵君謂是山遊者衆矣，今日有作，宜必追古乃已。於是按圖考誌，凡山中名跡之絶者，靡不探深發奇，窮心目足力之所及。自武姥岡至石鼓，得勝境一十有四，仍各疏其名狀與顯晦之故於下方，概録其大而略其細焉。境賦一詩，爲五言絶句，敦尚簡實，從徵君志也。同遊者如干人，得詩如干首，合而成卷，將以授若谷塗煉師，俾藏山中，後或有知我者焉。

武姥岡 在佑仙觀後，武山最高處，相傳爲武姥飛昇之所。

一自飛仙去，迢遥白雲上。歲歲春風來，滿山青草長。

陶皮石室　即今北巖，右陶、皮二仙修煉之所。天將雨則巖竇有泉出焉，禱者嘗以爲候，舊名觀音巖，今正之。

北巖極谽谺，三面環絶壁。聞有山雨來，石泉先暗滴。

雲峰寺　在虎鼻峰後、兩山之間，舊名南巖雲峰寺，宋端平間建。寺後有泉，或傳出石間，梘入窪池，僧爲亭其上〔一〕。晚了禪師嘗駐錫而去。

路盤重巘上，寺值兩崖間。泉水依然在，真僧去不還。

佑仙觀　在武姥山東南，武姥岡下，龍王洞之上。觀祀三仙，外揭西華。當元初剏建時，有白鶴翔集而天燈嘗夜見云。

南指雞冠石，西華此路分。至今珠樹上，長有鶴成羣。

龍王洞 在佑仙觀下，有巨石覆之。其洞雖不深廣，而流泉冬夏不竭，頗有靈異。

一斛巖腰水，靈蹤向此蟠。祇言流出洞，長歲不曾乾。

虎鼻峰 武山西南一向方正如屏，獨虎鼻峰屹出左方，雄秀最一山云。

平巘矗崇墉，中天紫翠重。曾因望江水，上到最高峰。

禮斗石 在北巖之左最高處，有片石突出巖半，纔容拜跪，下臨不測，道士嘗禮斗於此云。

道士禮斗處，獨緣巖際雲。空中歌碧落，不遣世人聞。

望陽石 在武山正東，有巨石屹立，正對出日，故名。下有石泉，嘗不竭云。

巨石含光景，東蹲直海門。仙人何日下？晞髮候晨暾。

真珠泉　在南巖石下，石壁亂撒而下[二]，若真珠然。

亂撒高巖下，多因險勢奇。更逢朝日映，五色爛摩尼。

衣籠石　在武山東北古臨溪寺基上，片石方廣如籠筐狀，相傳名武婆衣籠石云。

衣籠化爲石，何年閣半巖。多因仙帔氅，不是無裙衫。

南巖石　在真珠之上[三]，巨石磅礴，中虚，偃立道北。北巖極小而圓，勢若渾成。按，云峰舊名南巖，此當名南巖石。

濩落欹空舊，嵌巖掩半匏。不愁山雨濕，自有白雲交。

西巖洞　在武山正西，謂之風門口。上有梵雲庵，今廢。下有石虎、石龜，甚奇。又有虎穴，人迹罕至。

巇嶫風門口，坡陀虎穴西。向來梵雲寺，秋草鷓鴣啼。

丹井

在武山頂上，梵雲庵之左。有泉出井中，庵梘以供厨〔四〕。志云：井有龜出，則天雨。今不見。邑士楊準嘗有丹井記。

絶頂仙人井，碧泉皆雨香。神龜人不見，每夜有丹光。

石鼓

在雲峰寺佛殿後。山上巨石輪囷，高可丈餘，有片石覆其上。志云：牧童以足摇之，其聲如鼉，或乎爲飛來石。今從其舊。

片石上嵯峨，春風覆薜蘿。何人踏龍尾，白日撼靈鼉。

【校勘記】

〔一〕「上」字原脱，據萬曆詩選本、四庫本補。

〔二〕「石壁」上萬曆詩選本有「泉自」二字。

〔三〕「真珠」下萬曆詩選本、四庫本有「泉」字。

〔四〕「梘」，原作「視」，據萬曆詩選本改。

光風轉蕙泛崇蘭

幽意本不羣，芳根偶然並。不知石林遠，但覺生香近。

獨憐幽草澗邊生

繞澗緑猗猗，秋風吹紫蕤。如何生杜若，渾欲雜江離。

峭壁蒼蒼翠色新

巖石下陰陰，猗蘭緑如剪。花發人不知，秋香如苔蘚〔一〕。

【校勘記】

〔一〕「如」，萬曆詩選本作「入」。

風寒翠篠娟娟浄

閒聞竹上雨，疑是花間露。何以遺所思？秋風颯遲暮。

二蕙

婉孌兩根依，芳心自不違。月明蒼玉珮，風卷緑羅衣。

題滄洲釣魚圖

雲來高峰青，日落遥峰紫。却艤釣魚船，沉吟看秋水。

題環州草亭圖

孤嶼茆亭小，迴汀野樹分。獨尋臨水坂，還望隔江雲。

題雨竹圖

怪石凝雲氣，横枝浥露香。故人渺何許，秋意滿瀟湘。

題竹石圖

日落鷓鴣啼，風驚翡翠飛。繫船乘落浦，曾上釣魚磯。

余爲善舉寫墨竹因題二絶其上

深林昨夜雨，新笋幾時生。似覺清風動，微聞墜露聲。

其二

潤愛娟娟色，清憐冪冪陰。何因掃苔石？來此坐鳴琴。

爲黄巽成題墨竹二絶

過雨琅玕潤，凌風翡翠寒。何年滄海上，拾得斷漁竿？

其二

磊落藍田玉，葳蕤翠鳳毛。翠鳴朝日近，騰燭夜虹高。

題山亭避暑圖

掃石坐苺苔，林陰晝不開。松稍風似水，疑有鶴飛來。

題墨竹

舊竹故偃蹇，新稍復昂藏。青雲看直上，遲爾鳳來翔。

古意

平湖荷葉生，田田欲無空。不見水中魚，但見荷葉動。

題牧牛圖爲鄒季章賦

野性自馴擾，不煩施箠鞭。東皋新雨足，明上種春田。

其二

向晚雨來急，出山牛步遲。儂家隔溪住，阿母望時歸。

題蕭與靖所藏古潭墨竹四首

冉冉横枝竹，低垂向楚皋。秋風何處發？吹起鳳凰毛。

其二

壓地欹枝重，淋漓亂葉低。深林春雨過，似聽竹雞啼。

其三

峭直餘高節，蒼寒只舊叢。暮年霜雪意，未可薄簑翁。

其四

嫩葉雲初展，新稍粉未乾。他年滄海去，留作釣鰲竿。

蕭子所國録山齋書所見

野水生蝌蚪，沉浮自可憐。誤疑渾墨汁，點點散尖圓。

題李唐牧牛圖四首

滚滚長風起，飄飄一笠吹〔一〕。回頭看寥郭，失手墮羈縻。

其二

風雨滿輕簑，騎牛逐處過。春來晴景少，烟草四山多。

其三

日夕山氣昏，獨歸愁路遠。猶戀草青青，遲回下前阪。

其四

天寒放牛遲，野曠風獵獵。獨來長林下，吹火燒山葉。

【校勘記】

〔一〕「笠」，萬曆詩選本作「笛」。

題熊自得山水四景 赤壁、武昌、洞庭、東林。

赤壁

赤壁重遊賦，清風萬古傳。遥憐山月古，曾照火樓船。

武昌

黄鶴磯頭望，青山落日分。至今漢陽樹，飛度隔江雲。

洞庭

幾日樓船發，洞庭湖水東。如何當别日，長是鯉魚風。

東林

萬木東林下，蕭條晏歲情。何言紅緑動，啼殺早春鶯。

塗若谷月下攜酒相飲賦此戲贈

多情塗道士，勸客未須寢。斗酒慎莫辭，攜來月下飲。

題陳舉善山水圖小景四首爲蔣志明賦

窈窈松林暮，蕭蕭桂樹秋。清江三百里，一髮見歸舟。

其二

雲連回鴈嶂，潮落釣魚磯。共説江南好，青山待客歸。

其三

日落三江水，天晴五老峰。潮來初過雨，坐久欲聞鐘。

其四

山暝啼猿外，江平落鴈中。幾時將小艇，來問釣魚翁。

偶賦

何處可攜酒，月明江上舟。無端貪看月，忘却大江流。

月夜舟行

夜氣方泬寥，天水相涵映。船開橈棹鳴，山遠巖谷應。

其二

遠林烟羃羃，宿草露娟娟。沙渚鷺初起，漁舟人未眠。

其三

青山如佳人，臨流心不競。雲生姿太奇，月照影逾静。

題馬圖二首

錦韂赤茸鞦〔一〕，青驄間紫騮。傾城驚掣電，千里一回頭。

其二

萬馬如雲散，中原息戰奔。惟餘一疋練，光采照天門。

【校勘記】

〔一〕「茸」，原作「葺」，據四庫本改。

題清溪圖

青山千萬疊，流水三四里。窅窅洞門寒，天寒落松子。

其二

翠嶺冠丹霞，清溪是我家。好尋黄道士，更種白桃花。

題山水圖二首

野渡歸人急，山原去騎遥。白雲秋窅窅，紅樹雨蕭蕭。

其二

瀑溜穿雲白，松蘿蓋石青。一僧歸野寺，千樹擁巖扃。

題鎦道權扇面山水

三峽連明月，九華多白雲。傷心江上望，春樹緑紛紛。

題趙子昂竹石圖

古石神鰲骨，幽篁錦鳳毛。才名隨世遠，意氣與秋高。

題李時小景二首

山色遶層臺，山花滿樹開。何人攜酒去？江上看潮來。

其二

水面青蒲短，船頭白鷺閑。江南萬里意，好在緑楊灣。

東園課瓜菜十絶

種蔬苦培深，戴甲久未出。不敢重爬搔，勾萌嫩方茁。

其二

未嘗摘瓜時，先爲延蔓地。苟不夭閼之，蔓緣自無際。

其三

野草何曾種，纔除旋復抽。可憐瓜落子，長是隔年收。

其四

萵苣宜生啖，蔓菁可熟菹。從今添菜譜，自合謹農書。

其五

柔臺濯青絲，嫩本槎白玉[一]。古云水可飲，有此奚不足。

其六

斸雨迷漫種，排烟羃歷生。誰能爲溉釜？吾意欲烹羹。

其七

手中一勺子，散湧忽盈畝。五月青實成，君看大如斗。

其八

甘軟黄金茹，鹹酸碧玉虀。詩脾本虚薄，莫遣着羊蹄。

其九

百事皆可做，一生何所求。已多十八種，底用五千頭。

其十

甕菜抽青玉，葱根結水晶。此物江南有，沙場種不成。

【校勘記】

〔一〕「槎」，四庫本作「抽」。

書所見

虚庭風葉下，一日三四掃。馴鵲不驚人，雙行啄秋草。

九日絶句七首依韻奉答許存札教授

客居偶佳節，對酒暫疏散。彼美無與期，中懷詎云滿。

其二

臨水結幽想，看山懷遠情。遥憐南向鴈，一一背邊城。

其三

雪横居庸北，日出薊門東。煤香馬通火，車鳴牛驛風。

其四

天末望歸雲，遲徊憩檐宇。楊葉自多風，愁來更秋雨。

其五

我里在東皋，十年事幽隱。不知山水深，但覺魚鴈近。

其六

霜早難爲夜，風高覺易冬。誰家少年子，弓馬錦衣重。

其七

佳菊那能采，茱萸興不忘。商船向南去，憑與問潯陽。

感興二首

庭前有高樹，葉落餘空枝。兒童夜半起，開户打鴉兒。

其二

羸馬不長臕，寒來齕枯草。幸不筋力勞，勿畏風霜早。

題北山上人雜畫二軸

流水花間過，長松石上生。烟霞開古色，風雨送秋聲。

其二

脩竹江南好，平居有所思。清憐霜後樹，繁愛雨中枝。

六言絶句

題唐子華小景

飛鳥遠以將夕，南人澹其欲秋。抱瑶琴以歎息，渺芳草乎中洲。

其二

松落落以雙峙，雲翩翩而獨還。望佳人其既遠，見隔水之青山。

題山水畫

三里五里近郭，千樹萬樹長松。落日無人放棹，深山何處聞鐘。

題陳摶睡圖

汴京當日歸來，華山高卧雲堆。世事向來錯料，至今鼻息如雷。

題墨竹四首

風前歷亂千葉，石上參差兩竿。且可鏘鳴玉珮，莫教吹折琅玕。

其二

叢深似暗不暗，葉重欲垂未垂。向晚鷓鴣啼處，滿山風雨來時。

其三

漁父一竿翠玉，仙人九節青笻。自愛林間草浄，誰教石上苔封？

其四

何年裁籜冠子？此日見錦棚兒。自是金鳴玉潤，不愁雨打風吹。

題秋江待渡

雲去雲來山色，潮生潮落江沙。斜日繫船渡口，短籬沽酒人家。

余以官滿赴京十一月十四日出北平順承門賦六言絶句八首

肅政堂前别酒，順承門外初程。故鄉隱隱萬里，華髮蕭蕭數莖。

其二

冀北風沙古道，江南雲日初昏。邊徼掃清羊犬，海岳謳歌鳳麟。

其三

君恩禄秩侈矣，子道鼎烟缺然。過家上塚何日？攜書入覲今年。

其四

庭前蒼柏樹子，樹上黑觜鴉兒。四載坐眠對汝，一心冷暖相知〔一〕。

其五

臺前月出坐處，枕上雞鳴起時。時常料理公牘，閒亦吟哦小詩。

其六

抖擻客囊數卷，蕭條公館三間。暫爾萍蓬蹤跡，依然霜雪容顔。

其七

作書遣吏告滿，送馬還官戒途。已買蹇驢代步，更倩小車載書。

其八

居官難是去日，飲酒嘗思醒時。造物何勞深計，榮華自不曾知。

【校勘記】

〔一〕「冷暖」，原作「泠暖」，據四庫本改。

雪中騎驢口號

京城去三千里，蹇驢動百十鞭。不是浩然踏雪，也同杜甫朝天。

出景州始登牛車

駕遠黄犢鰲負，出索烏犍鴈行。衮衮兩輪塵土，蕭蕭一簟風霜。

景州道中

前轅駕兩黄犢，後轓懸一青壺。道上人方避路，車中我自觀書。

茌平道中

五里十里堠子，前村後村棗林。沙際牛羊點點，天涯風雪沉沉。

晚出恩縣南鎮市中

到處蓬蒿古市，誰家桑棗新園？羣鴉暮落高樹，獨客寒歸遠村。

七言絶句

題秋江圖爲陳錬師賦

霜樹雲峰隱翠烟，長風吹起鴈翩翩。道人心事如秋水，看到南華第幾篇。

題飛霞圖爲江鍊師賦

海上羣峰映紫霞，五雲樓觀是仙家。誰吹玉笛春風起，千樹碧桃都作花。

題江鍊師飛霞蘭圖

曾上茅山採白雲，山中瑶草盡蘭薰。何由擷取飛霞珮，同上玄清戲紫氛。

題江虚白懸巖蘭竹

懸雲翠壁三千尺，浥露幽蘭四五花。安得乘風裁紫玉，月明吹向玉宸家。

題江飛霞湘蘭沅芷

湘水沅江日夜流，青青蘭芷滿中洲。誰將幽意和香墨，寫出瀟湘一片秋。

題金碧山水

山根下浸水茫茫，金碧樓臺出上方。好似廬山三石寺，瀑泉雲錦挂飛梁。

墨蘭一幅贈胡思孔併爲之題

猗蘭出石翠交加，春露初開四五花。玉砌雕闌誰種得？幽香偏入野人家。

爲南山張道人寫墨竹併題〔一〕

道人別我度雲岑，歸隱茅庵舊竹林。袖裏獨攜東海石，滿天風雨聽龍吟。

【校勘記】

〔一〕「人」字原脱，據萬曆詩選本補。

題竹石圖寄贈湯子敏

松石山房看竹時，十年風雨最相思。白頭歸老誰同調，愛殺秋林緑玉枝。

寄謝左子方聲寄沈均德筆二枝

抱病歸來卧一窗，思君安得酒盈缸。沈家好筆無錢買，多謝新來寄一雙。

夏日過玄暉舊隱賦二首以寄之

青松深處一茅廬，知是蕭郎舊隱居。安得鶴飛報童子，便篘新酒釣新魚。

其二

便篘新酒釣新魚，況是林塘雨過初。爲掃松陰苔蘚石，醉來容我卧看書。

題紅梅爲易謙賦

姑射仙人綽約容，已無情態向春風。何時學得飡霞法，盡把冰肌换暖紅。

爲益謙畫竹併系以題〔一〕

渭川烟雨三千畝，簹谷清風四五竿。不是軒庭難種得，高情宜向畫中看。

【校勘記】

〔一〕「益謙」，四庫本作「易謙」。

晚興和周所安韻

江上看雲踏雪歸，滿牆竹色浄柴扉。十年京國春風夢，猶憶承恩出紫薇。

余歸自南京與舍弟子彦相見於清江舟中别去承寄絶句六章依韻奉答

十年奔走度晨曛，望斷江南水竹村。不是田園無舊業，極知天地有深恩。

其二

雲亭河口舊漁磯，此日扁舟海上歸。夜月未傾桑落酒，秋風先製芰荷衣。

其三

清江烟雨暗蓬蒿，城下帆檣百尺高。自掩短蓬支病骨，不教人識舊兵曹。

其四

弟兄手足最相親，恨殺東頭少一人。幸有白頭相對老〔一〕，齕麧飲水不嫌貧。

其五

閉户看書百不憂，東原稻熟更何求。便傾秫酒三十斛〔二〕，更養池魚數百頭。

其六

珠林東望白橋高，近築湖居俯澗毛。要知同氣真連理，連遺分飛嘆伯勞〔三〕。

【校勘記】

〔一〕「相對」，原作「柏對」，據萬曆詩選本、萬曆橋徠軒重梓本、四庫本改。

〔二〕「三十」，萬曆詩選本作「三千」。

〔三〕「連」，萬曆詩選本、萬曆橋徠軒重梓本作「莫」。

江上

沙觜微波漾緑蘋，山頭落日駐紅輪。依稀燈火楓林鼓，岸上人家賽水神。

步月

乘涼步月過西鄰，草露霏微濕葛巾。一逕竹陰無犬吠，飛螢來往暗隨人。

窺圃

園瓜寒蔓早離披，山藥秋藤已倒垂。小雨暗沾花下逕，閑雲深護竹間池。

田家

三兩田家草覆庵，瓦盆盛酒款農談。園桑秋葉團團緑，猶有佳人飼晚蠶。

八月十一日自水南渡江道金華過北巖訪蕭鵬舉氏是日雲陰掩冉殊不見日色道中賦絶句三首明日因録柬舉善暨鵬舉伯仲

八月棠梨露葉紅，荒陂古水湛青銅。秋風依舊巖前路，高下寒山落日中。

其二

虎鼻峰前赤面塘，數家雞犬舊山莊。荒村亂後畊人少，秋水滿田蒲稗長。

其三

秋熱餘威不可論，渡江先已畏晨暾。天心也似憐行客，十里雲陰直到門。

題歲寒圖

長松偃檜勢争雄，傲雪凌霜志操同。何似紛紛桃與李，易將開落寄東風。

題滄江垂釣圖爲王宗韶賦

脩篁偃樹滄江上，落鴈浮雲夕照間。意不在魚招不起，青山對坐一竿閑。

奉和廖教授相過不遇之作

一月同舟憶縱談，歸來烟水隔西南。幾回風雨珠林渡，虚負先生問草庵。

其二

手撚菊花歌竹枝，秋光月色儘相宜。如何數載西溪上，只隔芙蓉唤不知。

題李居中所畫雪景爲羅與敬賦

李時家住居庸北，慣爲西山雪裹峰。彷佛舊遊天上去，瑶臺開遍玉芙蓉。

和羅仙觀王子啓題壁韻

石牛潭上羅仙觀，敗壁荒苔白晝間。忽見古人題句在，别來已是十年間。

題江上抱琴圖

明月出嶺光欲高，攜琴相喚渡江皋。何由掃石長松下，坐聽天風送海濤。

題萬初上人枯木蘭竹圖

蒼龍躍海鱗鬣古，翡翠出林毛羽鮮。即色已非身外相，生香應悟定中禪。

題高僧圖二首爲心傳上人賦

斑竹匡床錦石屏，寶花磨衲間雲翎。晝長閒却軍持水，自數明珠記佛經。

其二

日落袈裟出定遲，滿頭霜雪映脩眉。白雲坐斷巖前石，問着遊方了不知。

題孫碧霄畫四時小景爲王存睿賦

高樓乘曉望春歸，日照桃花錦作圍。最愛野橋楊柳外，緑波晴影漾人衣。

其二

遥山樓觀隱晴霞，芳樹庭臺瞰浦沙。白鷺驚人忽飛去，滿湖風動緑荷花。

其三

野園寒落露初零，采采黄花酒半醒。悵望故人愁欲暮，隔江烟淡數峰青。

其四

冰厓霜樹隱房櫳，明月澄波夜正中。間有早梅花發盡，衝寒驚起獨吟翁。

題山水小景

不見高人唐子華，秋江烟樹渺雲沙。短笻野服青林下，絶似高吟坐日斜。

題山水小景畫

林下高人不可期，支笻野服澹相宜。偶然坐石忘歸去，正是前山雲起時。

題蕭安詔所藏崔鞏白鵝

曾從雪夜渾軍聲，又向山陰換道經。争似飛鳴江渚上，水雲淡淡草青青。

余歸自南京承永新歐陽子詔寄書輒賦奉答

白髮蕭蕭兩鬢疏，越南薊北困馳驅。歸田已落淵明後，慚對林間一紙書。

爲王孟極覓桃李栽

聞説磻溪桃李多，清陰朱實滿林阿。移根不與新栽得，奈此江南春雨何。

題捕魚圖四首爲松觀曾一愚賦

罾舉船頭春水深，攀援俯仰費機心。何人亦有臨淵羡，猶負鸕鷀赴遠尋。

其二

雨鬢風飡楊柳津，長竿獨宿迥無塵。矮蓬菰米魚羹飯，肯信華堂有八珍？

其三

釣罷招呼事獻酬，停橈暫住莫教流。不辭今夜船頭月，醉卧蘆花兩岸秋。

其四

沽酒歸來一甕圓，晚涼出水鱖魚鮮。全家只在滄江上，斜日西風晒網船。

題捕魚圖爲郭士端賦

竹竿操罟撩泥淺，橋棧攀罾出水遲。爭似放船歸去早，短篷新酒醉眠時。

題墨竹爲郭持中賦

閑寫幽篁遺所知，兩竿秋玉帶横枝。山林偃蹇尋常事，直上雲霄自有期。

題墨竹爲郭履恒賦

伶倫九寸黄鐘管，仙子雙吹碧玉蕭。調得鐘聲滿天地，會招鸞鳳下雲霄。

題清江釣艇圖爲與靖賦

曾踏扁舟事釣漁，垂綸直下碧潭虚。歸來高卧青山裏，閑看桃花憶鱖魚。

題三笑圖爲蕭與靖賦

三人同笑不同心，墨本流傳漫至今。何似青蓮李居士，猿啼月出過東林。

題墨龍贈起予彭進士

先生自是龍門客，曾跳桃花春浪來。變化飛潛誰識得，墨池一勺起風雷。

夜宴陳氏聞鼓吹有懷南溪諸友

華筵鼓吹動春輝，入眼偏傷故舊稀。此夜嵩華山下路，雨雲何事滿天飛。

題所翁墨龍

蒼精出海雲爲駕，日光珠焰交相射。前驅列缺走豐隆，盡捲銀河雨天下。

春日承鵬舉過余林居適留隴陂山中不果會蒙寄詩三絶趣余入武山依韻奉答

仙女石前愁日晡，松林風急鳥争呼。誰傳天上瑶華曲，驚倒花間碧玉壺。

其二

小作尋春漫浪遊，君來不得事攀留。青青楊柳王摩詰，艷艷桃花皮日休。

其三

想見北巖雲錦堆，野花如雪照人開。雲峰寺裏啼鶯早，定約清明載酒來。

墨龍贊

風騰電火射雲紅，霹靂前驅海若從。躍出禹門千尺浪，大施霖雨贊天功。

往舍弟子彦歸自清江承匏庵徵君題惠素扇索及拙筆因勉爲寫此仍倚題其端以答遠意

誰似匏庵散澹人，暮年詩思轉清新。山房酒醒閑無奈，乘月還來看緑筠。

題墨梅奉寄子韶歐陽御史

十年不見風霜面，千里長懷鐵石心。天上夢回東閣遠，水邊林下好相尋。

題墨梅寄友人

向來千樹江頭雪，零落東風滿路塵。何似畫圖偏貌得，要教空谷見斯人。

春莫歸自石壁瀧偶題東鵬舉

十日山行歸較晚，燕雛飛起過西家。東飛也似無聊賴，開遍牆頭白白花。

賦得臨清亭四時詞四首就録奉寄竇逸士

門外東風吹柳條，晴烟翡翠滿蘭苕。殷勤幾曲洪陂水，漂得飛花出畫橋。

其二

緑竹陰沈白晝長，石渠流水稻花香。綸巾羽扇閑無奈，自起開窗送夕陽。

其三

虚度山頭宿霧收，夜來風雨報新秋。階前流水深三尺，不遣漁人繫釣舟。

其四

碧瓦疏櫺帶粉牆，梅花照影淡生香。朔風不解東流水，吹起飛霜滿石床。

題松下彈琴圖

丹崖翠壁三千尺，白髮蒼顔一老翁。但覺絃中寫流水，不知天外起松風。

題疏懶生卷

瓢棄不緣春去早，門扃不爲客來稀。床前書亂何曾卷，卧看林花過午飛。

題蕭氏永思

玉原墟墓草青青，不盡南垓萬古情。聽取慈烏中夜起，一聲聲是斷腸聲。

往時楊清溪爲鄉先遠菊存陳公作種菊圖工妙逼真去之六十餘年其五世孫繼先乃得之於其仲父有實家蓋其家故物也出以示余因題其後以致景仰之意

先生風致已丘墟，海上還傳種菊圖。五世諸孫方學殖，肯教三徑只荒蕪。

題墨梅一枝寄瓜州慶守郭大使

故人好在瓜州上，寫得梅花遠寄將。願托江流向千里，江流到海意尤長。

題尚仲份爲陳孔碩作松岸輕舟圖

青山何處是幽居，生事深憐老向疏。安得短篷仍載酒，松江雪裏釣鱸魚。

題舉善陳縣丞渭川清曉圖

陳丞寫竹小尤精，比似湖州太瘦生。何處月明江上白，千枝萬葉送秋聲。

題東園畊隱圖爲友羅敬所賦

東園少小曾遊處，桑塢茆堂一逕通。拄杖叩門頭似雪，却從花底覓溪翁。

奉青李一盛寄子淵楊判府

小園青李露盈枝，味比來禽似更宜。料得持觴厭魚鱉，急分碧碗薦冰姿。

奉題復公蒲庵四首

長年步不過回廊，心静時聞薝蔔香。莫怪扣門渾不應，近來喧寂已俱忘。

其二

十年名重當朝士，萬里詩傳渡海僧。風雪崚嶒頭雪白，月中瘦影見寒藤。

其三

護龍河水遶禪房，五月尋幽到上房。最愛門前兩桐樹，風來葉葉是清涼。

其四

爲報身閑老澈師，暮年林下好相期。何由共載南歸棹，來向滄江理釣絲。

雷港夜泊

向曉移舟泊港津，異鄉相見即相親。五更月上潮來早，又是東西南北人。

黄泥洑阻風

浪打磯頭波放顛，中流那復往來船。行人閑得無聊賴，卧看爐峰起暮烟。

女兒港聞笛

女兒港前風乍起，一聲長笛傾人耳。遥見匡廬頂上雲，片片吹落湖中水。

舟中望南塘酒樓再賦有懷故人曠伯逵孫伯虞

曾同歌笑月三更，上馬猶聽鵬鴣聲。老去無人共豪飲，一帆斜日過江城。

看月

中宵起看大江流，莽莽乾坤不盡頭。吞吐月明三萬斛，客懷那得一分愁。

過臨江銅塘灘阻風偶坐江廟憶故人彭聲之天寧雪印上人

銅塘灘下水如弓，無限青山隔岸東。野廟蕭蕭脩竹裏，停舟坐愛滿林風。

寄平川吕仲善

謝君汝州十四帖，愧我珠林六十翁。早約殘年風雪裏，騎驢來訪霸橋東。

題李晟寒泉枯木圖

野藤枯枿半蒼青，白日秋陰結杳冥。彷彿潮頭風雨惡，羣蛟蜕骨海雲腥。

同子瑗梁徵士上圯入小莊投宿下郛周氏草房賦此奉柬

解鞍向晚暫停征，況是周郎重故情。今夜酒醒山月上，便應高枕聽溪聲。

其二

溪水盤山似建瓴，芙蓉楊柳滿沙汀。明朝更渡回潭去，猶擬題詩上翠屏。

題杜草堂戴笠小像

杜陵短褐鬢如絲，飯顆凄涼日午時。爲報西流夜郎客，錦袍霜冷更相思。

題子昂散馬圖

曾蹴流沙出大宛，獨持風采照天門。歸來散澹春風裏，豐草長林總帝恩。

題王叔明竹石圖 叔明，趙文敏公之甥。

王郎寫竹出吴興，瀟洒縱横似更能。昨日蒲庵庵裏見，雲根風骨更崚嶒。

題高彦敬青山白雲圖

松橋石瀨雨潺潺，杉檜陰森暮色還。誰共西樓一尊酒，白雲堆裏看青山。

題江天雪鴈圖

羣鴈飛鳴雪滿天，孤舟況在洞庭邊。銀箏冰柱誰家子，彈徹涼州廿五絃。

題龍

牧溪畫龍如草書，健筆揮霍相紛挐。豈知靈物自變化，神氣風霆行六虚。

題虎

韜威戢勇山林間，霧澤文采何斑斑。長嘯清風起六合，獨立爲君當九關。

山水畫

露下石林秋氣清，松風盡日帶江聲。閑來自愛無拘束，拄杖看山到處行。

其二

松下茅亭俯碧流，山中樓閣倚清秋。巖腰有路穿林去，猶擬攜琴上上頭。

龍氏書室圖

雲隱何年屋數椽，芙蓉疊嶂俯晴川。松房舊是藏書處，猶有虹光夜燭天。

楊柳曲七首

種柳城南河水津，兩岸幾株高過人。千回樹下頻來往，弄葉吹花惱殺人。

其二

種柳城南河水邊，青枝拂地盡含烟。柔絲若有千千尺，應繫儂家蕩子船。

其三

種柳城南河水流，枝枝葉葉是新愁。窺人昨日猶青眼，吹絮今朝已白頭。

其四

種柳城南河水傍，當年二月好春光。晴風暖日無聊賴，只聽鶯聲也斷腸。

其五

河上東風二月時，垂楊十里鬭腰肢。如今縱使能嬌舞，照影寒潭亦自疑。

其六

金縷織成歌舞衣，年年江上惜春暉。無端心性輕離別，待得花開只解飛。

其七

莫拗長條作馬鞭，春來葉葉是愁烟。東風着意應憐惜，吹送飛花直上天。

春日絶句三首寄李子翀

池館幽窗日日開，浮雲西望獨徘徊。似聞卧疾滄江上，不見尋春北郭來。

其二

春水滿江魚子肥，春雲匝地鴈羣歸。客懷誰遣愁花雨？草色無端近竹扉。

其三

水西江上柳千樹，白雲山前花滿溪。即欲聞鶯酬舊賞，要須走馬覓新題。

江上絶句四首有懷故里

東園林禽細作花，城南楊柳亂啼鴉。青錢買醉何由得？白日行吟真可嗟。

其二

莫惜當筵酒滿壺，春光流轉只須臾。池亭一夜聽風雨，明日桃花大半無。

其三

我家茅屋知何似，白馬祠前快閣東。風濤二月不可出，誰與買船行市中？

其四

萬安縣前好風光，疏花亂草滿魚梁。大船東下疾如箭，一十八灘春水長。

題墨梅

一剪春風映路斜，石橋流水浄無沙。愁來圖畫驚相見，絶勝西湖處士家。

寄鄒君浩二絶

法古齋前小叢生，青稍如髮筍如針。别來無限清秋意，烟雨瀟瀟已滿林。

其二

出峽放船歌楚辭，月明人醉白沙祠。舊遊零落風流遠，載酒重來定幾時。

松畫

疾風吹雨龍髯濕，落日掛林猿臂長。巫峽晚晴初瑟瑟，華峰秋色正蒼蒼。

歲暮述懷

不愁江梅破雪早，祇恨楊柳隔年青。燒燈稚子喧長夜，騎馬行人問短亭。

其二

北林枯稍只奈雨，東舍寒草故生雲。沙冷長鳴黄犢子，地深時亂白鶩羣。

其三

百舌向人啼不住，一身作客愁可憐。有酒且復醉今日，無錢莫謾悲長年。

其四

憶得小年當歲除，昔者之樂今不如。青衫擊鼓騎竹馬，赤脚踏冰尋鯉魚。

正月十九日

金魚洲下放船開，華石潭邊看雨來。愛殺南天雙白鷺，青山盡處却飛回。

入西山

江雨溟溟落遠帆，驅車西上入烟巉。青松殘雪分明見，指點行人問翠巖。

舒氏池亭晚興四首

池上逶迤結構新，光風盡日可憐春。柳枝生葉渾無賴，萱草葵花故惱人。

其二

閑雲長近松邊屋，流水潛通石底池。坐客把書臨閣迥，野人送酒出村遲。

其三

赤色鯉魚金作鱗，吹花沉蔓解相親。湍流出入元無定，雷雨飛騰故有神。

其四

生事不關來往稀，溪光灧灧映柴扉。蒲萄葉破青蟲墮，豆莢花開乳雀飛。

過縣學偶書

堂上絃歌寂不聞，游絲落葉正紛紛。無由來倚長松樹，閑看青天起白雲。

金鳳花

庭下春泥百草生，秋來金鳳亦垂英。自是叢中看不定，却緣紅白太分明。

謾題

四郭青山處處同，客懷無計答秋風。數家茅屋清溪上，千樹蟬聲落日中。

小雨約李克正過池上

溪南雲隔數青峰，别館秋光也自濃。細雨不嫌沙路濕，明朝池上看芙蓉。

出溪四首

磵底石花青的的，水邊楊葉緑疏疏。茅簷過午猶聞碓，釣艇出溪初得魚。

其二

淺水白沙明可數，深林黄葉静初聞。客心閑得無聊賴，大似旛竿嶺上雲。

其三

岸上芙蓉數尺高，閑居風物苦相遭。興來不用頻攜酒，臨水看花也自豪。

其四

潺潺陂水落滄灣，行子經年且未還。千里贛江何處是，斷腸空見越王山。

雲松軒雜韻六首寄呈軒中諸君子

白雲峰前溪水東，夜深雲氣白如虹。青山北岸當時見，多在月明寒霧中。

其二

雞犬蕭蕭入翠微，不愁山霧濕人衣。水邊楊柳因風落，松下閑雲盡日飛。

其三

引泉近注白雲根，斸地新成翠竹園。爲惜苔痕斜貼石，因愛松樹特開門。

其四

東籬把菊陶元亮，北渚褰蘭楚屈平。幾曲清歌一壺酒，高情元不累虚名。

其五

霏微夕雨沾林閏，掩冉晴雲傍水閑。忽憶南園兩佳士，今晨攜酒過西山。

其六

想見故人心眼開，石林深處隱平臺。黄橙紫蟹皆宜酒，紅葉青山且未回。

憶李氏茅堂三首奉東克正兄

舊見池南楊柳樹，垂天匝地葉青青。可能二月東風裏，盡挽長條結草亭。

其二

盡日門前流水聲，細雨白沙渾欲平。可惜溪南千萬樹，秋風落盡不知名。

其三

野屋緣山一逕分，夕陽人語隔溪聞。齋前短草寒猶在，時有鷺羣亂白雲。

題表明誠書館

先生屋角冬青樹，洒露鳴風氣益神。不似水邊烏桕葉，盡飛寒赤待青春。

其二

酒醒虛堂燈影昏，愁來掩卷竟誰論。此時月落寒風起，亂葉飄蕭正打門。

浄妙寺讀李少鴻所書山門記過東院看百結花其枝皆紐結之而香氣大異感賦二絶

李唐遺碣照浮屠，紫霧光涵白雪腴。誰惜文章鎮螭首，獨將香火祀龜趺。

其二

客行暫住九秋槎，僧寺初逢百結花。至竟異香生不斷，誰令着意事盤拏？

入黄金峽夜半聞漁唱

紫陽觀前當大河，黄金峽裏聽漁歌。北來南去年年好，水遠山長奈别何。

其二

燒竹捕魚船亂開，水中照見石崔嵬。鳴榔放白不知遠，直上灘頭却下來。

過鸕鷀灘望月

鸕鷀灘上看新月，忽憶庭前桂樹枝。想見來意應更好，不知何似别家時。

白頭翁

黄茅赤嶂岸西東，急雨南飛逐北風。却轉長灘二十里，舟人遥指白頭翁。

題許侯藏臨江楊萬户所燕餞詩後

貳守分符出大邦，將軍開宴俯清江。玉壺舊賞今何處，錦軸新題故滿窗。

其二

山城過雨浄泥沙，官馬侵星早趁衙。訟牒不來鶯日永，秋雲亭下看飛花。

題竹石圖

石上晴雲故不飛，蕭蕭空翠濕人衣。湘娥未解臨江佩，西望蒼梧何日歸？

題青山白雲圖

石林烟霧冷冥冥，一舸西風過洞庭。日暮白雲飛去後，江南無數亂山青。

題笋蕨圖

西林新笋各已長，南岡蕨芽生紫芒。何人采掇欲滿眼，開卷忽聞春雨香。

題琴士艾如蘭

獨抱瑶琴下翠微，竹皮冠子芰荷衣。梧桐枝上秋風起，彈到清商第幾徽。

題枯木竹石

霜露蕭森秋氣凝，千章老幹屹崚嶒。深林日落行人少，時有猿猱抱紫藤。

其二

老節盤迴氣不伸，蒼苔過雨欲生鱗。山中樵客尋常見，誰與圖形獻梓人？

其三

曾聽楚人歌竹枝，横江秋静月明時。只今漂泊春風裏，緑滿南園總不知。

其四

木葉欲脱天雨霜，竹枝乍低風已涼。三湘落日流波白，行子繫船思故鄉。

其五

平沙竹樹晚毿毿，楚客維舟近峽南。忽憶微雲將雨過，滿林秋色照江潭。

同夫嘗大醉過予齋壁作枯竹一枝仍題曰與吾子高掃塵而去戲答一絶

鄭公大醉仍能畫，雪壁霜枝故有神。賴得山齋清似水，不妨無葉自無塵。

題竹石圖贈陳仲實之南安

寫得幽窗竹石圖，琅玕青碧間珊瑚。明朝却度南關去，何處榕陰聽鷓鴣？

題木石圖

帝子吹簫不可聞，高河涼月白紛紛。靈槎天上歸來晚，獨倚支機看海雲。

題古木幽篁圖

何家園裏千章緑？杜老溪邊十畝陰。不是畫圖存古意，風霜剥落見初心。

其二

翠竹碧梧秋興清，西山池館舊栽成。幽人日落長林下，吹得瓊簫作鳳鳴。

其三

古色何年削翠銅？已無枝葉動秋風。誰知千尺明堂柱，盡在深山大澤中。

其四

故里茅堂河水東，幾多黄竹間青楓。莫雲歸思渾無奈，早晚題詩問北風。

其五

林下秋聲聞亂葉，水邊寒影見殘株。溪翁日共惟漁艇，野客時來挂酒壺。

題芭蕉

南園新緑暗春雲，長日題詩上翠裙。十載江湖春夢熟，瀟瀟夜雨不曾聞。

再别同夫三首

洞裏題詩醉不回，丹梯百尺倚雲開。明年春雨高崖暗，獨自重來拂紫苔。

其二

朝陽齋前桃李樹，手栽清蔭接比鄰。明年此地看花發，愁向東風憶故人。

其三

攜手河橋一惘然，苦將幽思惜流年。西山百年來相訪，定泛章江八月船。

贈傅正卿墨容〔一〕

潘李聲華世孰倫？喜從傅氏識諸孫。故廬想見燒烟處，十里桐陰盱上村。

【校勘記】

〔一〕「墨容」，萬曆橘徠軒重梓本、四庫本作「墨客」。

贈鶴林上人

日日澗邊尋茯苓，巖扉長掩鳳山青。歸來挂衲高林下，自剪芭蕉寫佛經。

贈刻工戴古心四絶

古文遺跡邈難尋，喜見今人有古心。試看歐公金石録，幾人傳刻到於今。

其二

漢武秦皇苦好奇，嶧山梁甫頌穹碑。清時海宇無巡幸，應刻功臣上鼎彝。

其三

天地文章自太初，山河日月粲昭如。閑來看到纖微處，動植飛潛總是書。

其四

金精谷口初相遇，喜子南遊有遠懷。不見漢章遺石鼓，碧苔春雨上丹崖。

題洞賓像

神仙事業竟何歸，進士文章豈盡非。千載洞庭湖上月，令人空想鶴南飛。

題畊獲圖

已見春榆及貯儲，能忘蠶績事衣襦。要知終始耕耘意，半是豳風七月圖。

題故宋太祖十二世孫孟堅所賦寶鼎現樂章賀其叔母太恭人淳祐八年戊申歲上元日壽旦也其祠用官綾書之

王孫自惜擅詞華，仁族敦親出内家。惆悵百年遺墨在，吴綾猶似敕綾花。

贈賴永年

南山黄精玉色鮮，子能服之可永年。由來生世貴聞道，大椿八千非所憐。

題水仙梅罄華圖

仙子凌波春已深，梅兄罄弟已交臨。世間多少同枝葉，花落花開自一林。

贈王以成歸廣昌

印山館前鶯亂啼，人行明發度平西。離情祇似池南柳，短葉長條未得齊。

賦別丁文甫之藍田得水字

故人東去春山裏，落日相邀醉南市。別情不及雨餘雲，送君更度藍田水。

贈醫士孫允道

架上方書手寫成，柴門長掩背西城。一簾香霧微風起，又聽雲窗擣藥聲。

八月十九日戲題東湖大梵寺

雲木蒼蒼秋日涼，六年兩度宿雲房。老僧白首能相識，笑指東軒舊竹長。

九月二十五日有傳秋闈兩榜至書舍見思永楊直以詩中乙科喜鄉閭之有人學業之不振因賦三絶以自釋

延祐開科第一春，吾邦文物故彬彬。後來接踵登名盛，致政詞林有幾人？

其二

至順壬申再貢賢，一從更制遂茫然。驚看亞榜題楊植，憔悴西風十九年。

其三

文運興隆屬聖明，科名事業貴精成。讀書三十何能立，心折雞鳴下五更。

題墨蘭

海門月照真珠樹，石峽風生翡翠衣。千里烟波愁欲暮，美人何處佩蘭歸？

贈海月相士

海波澄徹月輪高，仙客寒生白錦袍。奈可乘槎入牛渚，若爲蟾兔數秋毫。

蕭自脩將赴維揚不果思鄉西昌次韻二首

樓船未發大江西，沙上蔞蒿葉葉齊。却望維揚一千里，冥鴻銜雨只酸嘶。

其二

鳳山雲氣蔚油油，碧樹黄鸝晚更留。盡日橋邊看流水，思歸不見上河舟。

避水西軒述懷

昨夜風高浪打門，抱書移榻頓驚奔。朝來欲去渾無路，獨坐西軒看水痕。

其二

村北村南江渺然，稻苗麥穗俱可憐。水中夜宿須防盜，屋上朝湌未起烟。

其三

東鄰羣雞升木栖，老婦呼兒愁夜啼。分明記得年時水，市上行船與屋齊。

其四

快閣磯前當水頭，年年春漲阻南遊。料得老翁攜稚子，登樓看水説筠州。

筠陽春述懷七首

筠陽花開三月時，城南城北好追隨。妙真宫中來看畫，龍王潭上去投詩。

其二

平野青林十里餘，已無城郭限丘墟。洞前不見仙人井，澗上猶傳隱者居。

其三

鳳山盤盤石脚斜，石橋西畔有人家。家家臨水開窗户，夜夜燒燈照浦沙。

其四

錦江春水向東流，鸂鶒鳧鷖不解愁。日日城隅風浪惡，人家争繫木蘭舟。

其五

明秀樓前青柳條，錦水坊下赤欄橋。東郊酒伴能來往，出飲乘晴不待招。

其六

每憶東吴曠省郎，醉歸留客更持觴。無因坐對西鄰竹，聽爾狂歌不下床。

其七

城南酒樓相見時，滿堂賓客總新知。酒闌月落渾忘却，猶礭吴姬唱小詞。

題帖德裕江亭秋思圖

石上茅亭絶不高，水邊秋意似臨皋。長松生近蛟龍窟，夜夜倚江吟翠濤。

秋江風雨圖

横江千樹冷颼颼，洲渚滄茫水亂流。安得雲帆高萬丈，聽風聽雨洞庭秋。

題陳叔起爲枯林上人作海口送别圖

五月乘風離福州，魚龍吹浪海門秋。分明一片袈裟影，飛在三山頂上遊。

題水村晚影圖

日照亂山如湧濤，忽隨烟霧落平臯。橋西舊有幽人屋，門外青松特地高。

題枯林上人墨蘭四首

曾乘桂楫上清湘，明月蒼波野興長。欲採幽蘭渾不見，深林風定忽聞香。

其二

掩冉晴雲颺曉風，碧蘭紫穗故成叢。湘娥西去遺仙佩，翠羽明珠滿澗中。

其三

步入深林有所思，蒼茫白日澹華滋。美人欲渡湘江晚，裊裊金枝出翠旗。

其四

杜若蘗蕪忽已殘，西風澤國故多蘭。閒來竹底拾翠羽，月下不知清露寒。

水溪口望三顧山

最憶盧仙舊隱蹤，三尖平擁玉芙蓉。尋常烟霧空濛裏，却過溪南見四峰。

承譚府史若驥春日贛州之作因賦絶句八首奉答

虔州官府似神仙，三月春花覆紫烟。惟有愁吟譚掾史，日騎瘦馬出臺前。

其二

瀟灑譚郎玉不瑕，解吟江上白桃花。尚書點筆親題和，幕下何人許共誇？

其三

翠玉樓前侍宴時，滿筵歌舞夜何其。城頭畫角參差起，落盡梅花總不知。

其四

龍洲春樹緑如雲，草屋新屯十萬軍。旗幟遠從灘口見，鼓笳長是月中聞。

其五

髑髏晴滿白鷗沙，落日長江斷客槎。東上荒城莫回首，青原白下少人家。

其六

兩年東北道途艱，幾度嚴城扼險關。腸斷鬱孤臺下水，解隨明月過西山。

其七

少小爲文學咏歌，亂來無力事干戈。東遊擬獻平淮頌，何處南山石可磨？

其八

茫茫青草繞城臺，思見故人心眼開。書記定隨兵部出，戈船飛騎幾時來。

過桐陵楊公平别業不遇

門掩梨花聽大聲，更無童子出相迎。逢人謾説山居好，强半春晴却在城。

汪樓偶題

千樹桃花散錦窠，相逢不飲奈愁何。可憐一片春波緑，先被歌樓占得多。

義犬詩

喪亂誰懷豢養恩？弱孤反噬正紛紛。栗原義犬真堪傳，解守羅家孺子墳。

奉次楊主簿軍中感懷四首寄康山長宗武

東望瑶峰紫翠交，羣公坐鎮足吟嘲。按行輕騎如飛鳥，日過雲山第幾凹。

其二

已分山林狎楚童，誰從城市覓龐公？吹笙王子歸何處，只想桃源是洞中。

其三

鰲戴龍洲屹上浮，完城盡說太和州。西南控扼千餘里，更有虔州翠玉樓。

其四

天門親下紫泥書，漢武輪臺恐不如。自是聖心哀赤子，已聞上相出淮徐。

君子堂夜起

風亂殘燈自掩扉，夜寒遊子嘆無衣。池南落盡芙蓉葉，滿地月明霜正飛。

題江景畫

澗邊白石明於雪，林下清風冷似秋。落鴈圓沙江路轉，短蓬烟雨憶曾遊。

其二

烏聲先在竹林間[一]，虛室曈曈曙色還。一夜霜寒慵早起，開門枕上看青山。

【校勘記】

〔一〕「烏」，萬曆詩選本、四庫本作「鳥」。

寄薛益〔一〕

細雨荒荒白下城，茅堂深隱稱高情。清晨讀罷淮陰傳，坐看門前江水生。

【校勘記】

〔一〕「薛益」，萬曆詩選本、四庫本作「薛益」。

題超上人墨菊

露香秋色淺深中，青蕊黃花自一叢。最憶南園微雨過，短籬扶杖看西風。

題山水扇面

杳杳青峰隔斷林，桃源無路可追尋。扁舟莫渡南村去，風浪滿江雲正深。

戲答鍾元卿

江繞珠林數十家，水東花映水西霞。亂來白酒應難得，快數青錢不道賒。

題春江小景畫爲鍾元卿作

鸂鶒鷺鷥相對閑，落花芳草雨斑斑。清歌一片雲中起，知是吴姬蕩槳還。

題蘆鴈小景

蘆花霜滿釣魚磯，江上征人久未歸。天北荒涼人似水，年年惟有鴈南飛。

過新吴寺哭嚴焕旅柩

新吴寺裏題詩處，此日長廊獨自登。手擘紙錢君不見，老僧來點柩前燈。

再過新吴寺聞嚴焕已擇卜尚未葬感賦一首

道慚知己暗沾衣，才累青年果是非。總是鄉園一坏土，滿山春草幾時歸？

題和靖觀梅圖

處士娟娟白氅衣，松門石逕轉依微。不因月落西湖上，貪看梅花忘却歸。

題墨鷹下有一熊

當年渭水困鷹揚，兆入非熊鬢已霜。摶擊只今誇健翮，可能兀立睨滄茫。

題竹禽墨戲

南山無樹起春風，寂寞林栖户牖空。枯竹横枝荆棘底，天寒愁殺白頭翁。

同曠伯逵登揭氏山雨亭觀石上虞太史刻字退池上觀魚而歸

太史文章漢魏初，碧苔深護九霞書。閒來倚石看雲月，直恐神光貫紫虚。

其二

高柳芳池灩灩春，一泓新緑浄無塵。夜來忽漲西山雨，千尺蒼波躍錦鱗。

寄易撝

谷口同遊最憶君，別來雙鴈不堪聞。滿山橡栗何由拾，獨擁寒扉望白雲。

贈萬訒歸清江定侯帥閫

萬郎風骨自清奇，解赴從軍五字詩。却笑當年杜陵老，謾稱驥子好男兒。

其二

北沙亭上題詩處，五六年前共阿翁。亂後相逢渾不識，可憐玉樹倚秋風。

其三

寂寞林居似耦耕，感君相顧足高情。茆堂昨夜聽寒雨，竹火松烟坐到明。

其四

新築土垣渾不高，旋編荻户隔蓬蒿。雨中慣着尋山屐，自過村南問濁醪。

其五

子歸帥閫慎驅馳，莫怪山人送別遲。記取池亭脩竹下，別餘長是看君詩。

夜飲扁鵲觀同魏煉師坐竹林下

扁鵲觀前清夜遊，青衣隔竹送茶甌。緑陰深巷涼如瀉，坐聽瓊簫轉玉樓。

題泰華春雲圖

仙人樓觀炫青紅，帝子行春遊太空。玉檢金樞人不見，漢家壇墠雨雲中。

題楊補之臨宋徽宗湖口鸂鶒圖

太湖石畔雙鸂鶒，碧草春明繡羽毛。莫擬宣和看筆法，故宫花鳥屬蓬蒿。

題明皇行樂圖

宴罷微行禁苑春，諫臣已遠弄臣親。那知劍閣西巡路，能護鑾輿有幾人？

題墨梅

水邊小樹尋常見，不似横枝花更繁。亂後江南誰寄與？只將圖畫賞清樽。

題蕭曙所藏曾同可畫水四首

千疊潮頭捲海來，海門月上正雲開。秋風吹起三山雪，直過錢王射弩臺。

其二

三月平湖舟楫通，水光雲氣混涵中。白頭浪起無人渡，箇箇江豚吹北風。

其三

輕濤暗浪互奔驅，極浦蒼烟澹有無。欲采白蘋愁日暮，一帆秋雨過南湖。

其四

揚子江頭秋意深，金山下蟄雨雲陰。可憐赴海東流水，不及歸人萬里心。

題李遵道幽篁古木圖

每愛黄巖筆意妍，蒼枝幽竹浄娟娟。清秋翡翠誰能識，碧海珊瑚更可憐。

承張弘毅林居奉和一絶

林塘藹藹浄晨暉，霜落風停葉自飛。村巷不曾緣客掃，莫嫌塵土污秋衣。

松雲軒四首爲陳宜賦

松蓋盤盤擁百層，連山雨過白如蒸。晚風吹散天邊影，琥珀神光忽上騰。

其二

何處飛來野鶴羣，踏翻松頂翠紛紛。清陰不動涼如水，自掃緑苔眠白雲。

其三

林下高軒日日開，清風時共故人來。鳥啼更在雲深處，白晝松花滿石臺。

其四

偃蹇高枝拂畫簷，襹褷晴雪映深簾。蒼龍千丈開鱗甲，冉冉白雲生翠髯。

題梁叔剛小景贈故人令弟歐陽以誠歸會昌

灘口同遊事已非，別來長恨信音稀。可憐江上重逢日，杳杳蒼波一鴈飛。

題山水圖爲興國監縣帖侯賦[一]

亂餘風物總凋零，誰寫雲林近草亭？萬里歸人望江北，居庸還在日邊青。

【校勘記】

[一]「帖侯」，萬曆詩選本作「帖俠」。

題徐文珍畫林塘幽居圖

青林碧澗轉逶迤，中有幽居帶草茨。似是浣花溪上客，一簾草色坐題詩。

贈全真徐本山當淮兵作時本山負其師以逃凡八遇難皆先幾而免轉徙千里至贛之興國與余會於治平觀因贈以詩

簪紱猖披總汙塵，從師千里獨相親。煉丹煉得心如石，慚愧臨危負義人。

其二

葛令井西樓觀重，亂餘此地忽相逢。何時雲水尋仙去，百丈巖前一樹松。

題生色粉茶

禁苑春回雪乍消，絳茶花發上陽嬌。曉妝净洗鉛華水，猶自乘雲擁翠翹。

題秋江小景

秋水無波净落暉，汀沙雲樹轉依微。望中一片瀟湘意，無數征帆逐鴈飛。

題林下高士圖爲王存常賦

漁竿書帙兩忘機，手抱瓊簫坐石磯。林下清風長日好，浮雲何事滿天飛？

題稚川山水

松下茆亭五月涼，汀沙雲樹晚蒼蒼。行人無限秋風思，隔水青山似故鄉。

題枯枝幽禽圖

霜枝黄葉亂秋風，並立幽禽慘淡中。長憶争飛春樹裏，緑衣深映杏花紅。

題君子忠孝圖乃畫竹與葵萱也

壤壤風塵混屨冠，幾人忠孝義心肝？畫師似有春秋筆，故寫尋常草木看。

夜宿丈溪道院喜賦和呈蕭同知縣經歷

山雨初來一鳥啼，千村白雨動成畦。何由得買雙烏犢，乞取荒田自在犁。

其二

風竹林間緑笋竿[一]，洞門白晝忽陰寒。仙人解喚雷行雨，却與玄都洗石壇。

【校勘記】

〔一〕「竹」，萬曆詩選本作「折」。

其三

春在青林野水濱，酒壺隨處伴閒身。偶來仙館題詩句，貪看桃花忘却秦。

題古木蒼鷹圖

霜落石林寒影空，蒼鷹斂翮向秋風。陰山狐兔肥堪煠，寧數將軍射獵功。

題墨梅贈進士劉允恭

江頭千樹發參差，得似披圖見一枝。莫恨春風開較晚，苦心結實待明時。

題墨鷹

秋山霜木冷蕭騷，下有奔泉日怒號。愁絶蒼鷹渾不去，海門風起陣雲高。

題趙子深折牡丹圖

華清野鹿不曾來，孔雀屏深扇影開。九奏樂停春日午，綠衣初進紫霞杯。

五月十五夜聞沔兵將上擕家入黄塘州

城鼓荒荒欲二更，鄰家相唤月中行。平田一路人如蟻，顧影蕭條亦自驚。